クラブ・カフカへようこそ

本田敬幸　短編集 ❶

著者 本田敬幸

毎年避暑に訪れていた
軽井沢レイクニュータウンにて

２才頃の本田敬幸
(写真右、左は兄・幹雄)

群馬大学を卒業して間もなく
高校で数学を教えていた頃

「私の将来の職業」というテーマでの出品でした。画題は「作家」です。
この頃から作家への夢と芥川龍之介への尊敬の念が在った様です。

母 本田幸恵
養護学校在学中、「心身障害児絵画展」で知事賞を受賞
(左の写真が作品)

前橋

「身障児絵画展」で知事賞に本田君

心身障害者雇用促進運動にちなんで県心身障害者雇用促進協会(佐田一郎会長)が音頭をとって開く「心身障害児絵画展」＝二十日～二十二日・県民会館＝の入賞者が十五日決まった。

県内の養護学校の児童生徒が対象で、今回のテーマは「私の将来の職業」。一五一点の応募があった。

入賞者は次の通り。

▽知事賞 「作家」本田敬幸(一三)・養護学校前橋日赤分校

▽教育長賞 「ウエイトレス」植杉さよ子(一四)・二葉養護学校。「国鉄の駅員」森脇宏信(一三)・養護学校。

▽会長賞 「小鳥屋さん」小川忠良(一三)・二葉養護学校。「ロボット研究技師」桜井宗一(一三)・同。「ブロック工」大塚良一(一六)・桐生第二養護学校。「おかし屋さん」石岡大吾(八つ)・高崎養護学校。「パイロット」吉田俊一(一五)・同。「花屋さん」加藤照子(一四)・同。

▽優秀作 「お百姓」石井博(一四)・高崎市立養護学校。「パン屋さん」千島信之(一五)・同。「ガソリンスタンド経営」根岸善尚(一一)・二葉養護学校。「秘密基地職員」田村弘之(一三)・同。「造園技師」狩野満(一四)・同。「鉄道員」五味青史(一〇)・養護学校前橋日赤分校。「レストラン」浜野靖之(一〇)・養護学校。「電気工事屋」茂木政明(一一)・大平台学園。「幼稚園の先生」藤村多恵子(一二)・両毛整肢療護園。「バスの運転手」松田文男(九つ)・高崎養護学校。「バスガイドさん」北沢直美(七つ)・養護学校前橋分校。「パン屋さん」峯岸圭治(一四)・桐生第二養護学校。「国際線のパイロット」六本木芳男(一三)・両毛整肢療護園。「縫製屋さん」永井章裕(一四)・桐生第二養護学校。

上毛新聞記事　昭和53(1978)年3月17日

目次

悲しみ

幼いころ
いつも悲しかった
「うれしい」と言うことはできても
決してそのうれしさを表現できなかったのが
ただ僕の体はこの世に　確かに生まれてきてはいたが
いつも親しかったその悲しみはまだ生まれてきてはいなかった

この悲しみはありふれたものなのだろうか
もしそうなら
なぜ
誰もが忘れてしまうのだろう

僕の一番の願いは
世界が僕に与えてくれる大きな

もしそう呼んでよければ情愛にこたえること
夜明けを表すこと　それはなんて清らかだったことか
夕暮れを表すこと　それはなんて静けさに満ちていたことか
だが僕はたった一人だった

奇妙なことに
幼いころから僕はこの世界が
懐かしくてたまらなかった
日の光の
僕に語るもっとも親しい言葉は
懐かしさだった

（１９９２年作）

願い事のかなう庭

RITTEN
2015.3.17.
ポルトガル・エルヴァス

一人の旅人が、静まりかえった夜の町を歩きつづけていました。道を照らす街灯の明かりに旅人の影は長くのび、それがたった一人のさびしい道連れでした。

旅人は、遠い遠い町からやって来たのでした。まるで足に翼がついているみたいに自分でも分からないほど遠くに来てしまいました。故郷の町はもう思い出の中にかすんでいるようです。出発してから、何回目かの夏でした。

旅人は風にそよぐ街路樹の下に腰をおろしました。濃い緑色の木々の葉は、まるで青白い月と内緒話をしているかのように、涼しい音をたてています。

「星がきれいだな。夏の星座の名前を、一生懸命覚えようとしたこともあったっけ。不思議なもので、そうすることで宇宙の秘密を少しだけ知ったような気分になったものだった。でも、そんなものはみんな人間の勝手につけたものだったんだ。だからぼくはみんな忘れてしまった」

すっかり寝静まった町の上で、数知れない星たちが静かな静かな音楽を奏でているのでした。あなたがたも、気持ちのいい眠りの夢の中で、きらきらする星たちの音楽を聴いたことがあるかもしれません。目が覚めると、すぐに忘れてしまうものなのですが。

「星の数なんて、どんなに多く見えても有限だ。ところが人間の考えることといったら、数知れない。無限だ。どんなに頑張ったところで、一生の間に知り尽くせるものではない。だからぼくは学問なんてものはやめてしまった。むなしくなるばかりだもの。そして何もかも忘れるために、旅に出たんだ」

旅人は故郷の町にいる友達のことを思い出しました。望遠鏡をのぞいては、天体のことを研究しているのです。新しい彗星を発見したときはそれはそれは大喜びだったものです。

「この彗星には、ぼくの名前をつけるつもりだ。彗星の周期は計算によると、百三十三年だから、百三十三年に一回、ぼくは（ぼくの名前は）この地球に帰ってくることになる」

友達のその時の弾んだ声を思い出しながら、旅人は、人間も彗星と同じように百三十三年ごとに地球に帰ってこられるならどんなにいいだろうか、と考えました。何度も何度も生き直すことができるなら、昔は真実だと思っていたことは実は間違いだったことがわかるかもしれないし、また、昔は想像もできなかった進歩が実現しているのを見ることができるかもしれないのです。

「ああ、でも、人間はたった一度生きられるだけだ。このたった一度の人生を、どうしたら、愛して愛して愛しつくすことができるのだろうか」

旅人はまた歩きはじめました。今夜の宿を探さなければなりません。

そのときです。旅人の後ろから、一台の自転車が走ってきました。軽やかなベルが鳴り、旅人のそばに停車しました。

「あなたに郵便です」

自転車に乗った人は一通のはがきを差し出しながら言いました。

「えっ？何かの間違いでしょう。ぼくはこの町の人間ではありません」

「いいえ、間違いではありません。故郷のあなたの恋人からの手紙です。ごらんになればわかるでしょう」

はがきを押しつけるようにして、その人は再び軽やかにベルを鳴らしながら行ってしまいました。大きい蛍のような自転車のライトがむこうの街角で曲がって消えてしまうまで、旅人はぼんやり見送っていました。

「招待状？」

旅人は不思議そうにはがきを読みました。

「あなたはずいぶんひどい人です。わたしを置き去りにして長い旅に出てしまうなんて。でも、きっとやむにやまれぬわけがあるのでしょうね。

そんなあなたのために、わたし、おもしろいパーティーを開催することにしました。

きっといらしてくださいね」

確かに懐かしい恋人の文字のようです。旅人はかわいらしい人の姿を思い浮かべて、本当に足に翼がついていたら、とため息をつきました。

奇妙なことに、パーティーの日時も場所も書いていないのです。故郷にいた頃、恋人はよく謎のようないたずらをしかけてきたものでした。こんなところも、本物だと思わせるのですが、それにしても不思議なことでした。どうしてこの町に来ていることがわかったのだろう、旅に出てから便りも何もしなかったのに。

明日手紙を書こう。やっとこれだけのことを決心すると、旅人は歩きはじめました。いくら考えてもわからないことは、そのままにしておくしかないのです。

旅人は胸のポケットに大事そうにはがきをしまいました。

どのくらい歩き続けたでしょうか、もう夜も更けていたのですが、旅人はやっと泊めてくれそうな宿屋を見つけました。

ドアを開けると、外は普通の宿屋なのに中の様子はかなり変わっているのです。旅人はいきなり明るい大広間のようなところに立っていました。そこでは優美な音楽が流れ、たくさんの人がいくつかのテーブルを囲んで談笑していたのです。

白いブレザーを着た四十歳ぐらいの紳士が、旅人のそばに来て言いました。

「ようこそ、ここは詩人のパーティーです。もちろん招待状はお持ちですね」

「いや、どうもぼくは間違えて入ってきてしまったようです。ぼくはただの行きずりの者で、今夜の宿が欲しいだけなんです」

「失礼ながら、その胸ポケットに入っているはがきを拝見させてください」

「これは…」

このとき旅人の心にはがきに書かれていた「招待状」という文字がひらめきました。まさかと思いながら、それを紳士に見せると、

「間違いありません、あなたは詩人のパーティーのお客様です。では、心ゆくまでお楽しみください」

紳士はそう言いながら、旅人を一つのテーブルまで導きました。

そこでは五人ほどの男女が楽しそうに話をしていました。もちろん知らない人ばかりでしたので、途方に暮れて立っていると、黒ぶちのメガネをかけた若者が親しそうに話かけてきました。

「やあ、遅かったね。みんなもう十編も詩を作ってしまったよ。さあ、今度は君の番だ、ぼく

が一連作ってあげるから、これにつづけたまえ。

　緑色の憂鬱はガラスの縁に宿る。
　永遠の眠りから覚めた破片たちがわたしを刺した朝に、
　地下の門はすでに閉じられて、
　帰らぬ旅人の船は輝く水平線に消えてしまった」

「ちょっと待ちなさいよ、かわいそうに、この人困っているでしょう」

目の覚めるような鮮やかなブルーのドレスを着た女の人が言いました。

「最初は訳がわからなくて困ってしまうでしょうけど、経験で学ぶしかないのね、これが詩人のパーティーっていうものなの。さあ、元気出して一つ作ってごらんなさい」

すると白髪の品の良い老人が、

「初心者には難しい課題だな。よろしい、今回はわたしが代わりにやってあげよう。

　帰らぬ旅人は薬指に星の指輪を光らせて、
　深海の廃墟に道しるべを探している。
　はるかな天上の静けさが、
　地上に白雪のように降りつもるときに、

願い事のかなう庭はその扉を開くだろう」

そしてこの人たちは老人の「願い事のかなう庭」という言葉をめぐって、いろいろなことを言い合って盛り上がるのでした。

「あなたは願い事のかなう庭で何をしたいですか」

大柄でたくましい男が旅人にききました。

「それが実際にあるのなら、望みもするでしょうが…」

「おや、あなたは知らないのですね」

老人はやわらかな微笑を浮かべて言いました。

「では、これからあなたを『願い事のかなう庭』にお連れしましょう。何を願うのか、考えておくといいでしょう」

旅人は次第にこの人たちの調子に慣れてきました。よくはわからないけど、とにかく楽しそうな人たちでした。ちょっとした遊びなんだ、これは。この人たちと調子を合わせてみるのもいいかもしれない。

「ぼくが願うのは多分これでしょう。三百年後の世界の様子を知りたいのです」

この言葉に、皆は一様にほほえみを浮かべました。

「それならぼくは、三億年の過去と未来を重ね合わせてみたいよ」

黒ぶちメガネの若者が言うと、

「そうしたら、わたしの両親が生まれる前のわたしがわかるかもしれないわね」

青いドレスの女の人がどこかで聞いたことのあるようなことを言いました。

「こちらにいらっしゃい」

大広間の隅のドアの前で、老人が旅人を手招きしました。

「あなたは初心者ですから、特別に『願い事のかなう庭』を見せてあげましょう。その前に一つだけ言っておきます。われわれが話していることはすべて、本当のことなのですよ」

老人はドアを開けました。旅人がのぞいてみると、それは穏やかな月の光を浴びた中庭のようなところに通じていました。

一歩そこに踏み出したとたん、かぐわしいバラの香りがしました。それと同時に、確かにこの庭を以前見たことがあると思いました。足の裏の柔らかな芝生の感触を確かめながら、そう、あのバラのアーチの下にはベンチがあったはずでした。きれいな緑色に塗られていて、子供の頃の無数の夢想にも彩られている懐かしいベンチが。そこに腰かけると、まるで夢のようだと思われました。それはもうこの世には存在しないはずの、最初に住んだ家の懐かしい庭だったのです。彼が七歳の時、一家は違う都市に引っ越して、懐かしい家はやがて取り壊されてしまったと聞いていたのです。バラの木や芝生や、今ではとても小さく感じられる緑色のベンチは、すべて柔らかな月の光に照らされて、聞こえるか聞こえないかくらいのひそやかな声で何事かをささやきかけてくるようでした。

「これが、願い事のかなう庭か」

胸の奥から何か悲しくなるような笑いたくなるような気持ちが湧き出てきました。

「どうです、何か願ってみましたか」

いつの間にか、あの老人が隣に座っていました。

「ああ、すっかりそれを忘れていました」

「願い事のかなう庭というのは、願い事を忘れてしまう庭だったというわけですか。あなたもやっと今夜一つの詩を作りましたね」

「ぼくも詩を作ることができたんですね。皆さんの仲間になれるんですね」

「そうですとも、いつでも詩人のパーティーにいらっしゃい。でもあなたのために悲しんでいる人のことも思い出した方がいいのではないですか。あなたは悩みを忘れるために旅に出たんでしょう。そして、もうそれを忘れてしまったのでしょう。帰らなけりゃいけませんよ。明日手紙をお書きなさい。すぐ帰るからと」

行進

RITTEN. 2018.
ポルトガル・モンサント

その行進が、いつ、どこで始まったものなのか、おれは何も知らなかった。

その日、おれは残業で遅くなり、深夜のM駅の改札を出た。家まで、三十分ほど歩かなければならない。もちろん、タクシーに乗るという手もあったが、毎日というわけにはいかなかった。でも、今夜は遅いからいいかな、そんなことを考えながら、おれは駅の外に向かった。寒かった。冷え切った空気に、夜空の星が冴えていた。

駅前の広場の外灯が照らし出している景色に、おれは驚いた。こんな時間に、駅前の広場は、人、人、人であふれかえっていた。よく見ると、人々は前へ前へと一心に行進しているようである。深夜にデモ行進もないだろうから、明らかに、人々は一心にどこかに向かって歩いていっているのだ。

　おれは好奇心を刺激された。しかし、結局おれには何の関わりもないことに違いなく、それがなんの行進であっても、おれは家に帰って、明日のために休息を取らなければならなかった。明日も仕事が待っていた。

　おれはちょうど一台停まっていたタクシーの方へ歩いていった。すると、どうしたことだろう。これから家に帰って眠らなければならないことが、急に砂をかむように味気ないことに思われた。一体何がおれを刺激したのだろう。こんな感じは初めてだった。しなければならないということ自体が、今はうっとうしく感じられてならなかった。

　理性と感情が戦っていた。そしてこんな時、人はあまのじゃくになることがある。

おれはもう何も考えられなくなった。ふらふらと、おれは行進の方に歩いた。

老若男女、あらゆる人がいる。そして人々はみな、黙々と、整然と、一心に進んでいた。まるで目的地の素晴らしさが自然にそうさせているように。一緒に歩かない限り、話を聞くことはできないだろう。おれはまだためらっていた。が、この時、行進の最後尾が見えた。おれはそれにくっつくようにして、歩き出した。

　歩き出してみると、自然に群衆との一体感が生まれて、おれは気持ち良くなってきた。群衆の行進するパワーに魅入られてしまったようだ。おれは行進の中に巻き込まれていった。どこに行くにしても、しばらくこのままでいたかった。

　おれの右の隣に、若い男がいた。おれはそいつに話しかけてみた。

「みなさんは、どこに行かれるのですか？」

　若者は、熱に浮かされたような瞳でおれを見た。何か話したくてたまらない、そんな様子だ。彼とおれはもう赤の他人でなく、行進の仲間だった。

「僕は、女に逃げられたのです」

　若者はうわずった調子で、自分のことだけについて話つづけた。

　おれは、日本人なら「女に逃げられる」という表現がどのような状況なのか、よく理解しているものと思っていた。が、ここに例外がいた。男の話から、おれはこう理解した。どうやら彼はある女性に一方的に求愛し、当然の帰結として、彼女に嫌われてしまった、ということらしかった。言葉の使い方一つにも、人間の性格が表れる。この若い男はエゴイストに違いなかった。こんな男が結婚したとする。浮気をすれば、「僕は真剣です」と言う。お前の気持ちなんか、聞いちゃいないよ。

話にならない。おれは左のとなりにいた中年の男を見た。赤ら顔の、目も鼻も口も、要するに顔の道具立てがすべて大きい男だ。四角い顎には無精ひげがある。

おれは確かめずには、いられなかった。

「みなさんは、どこに行かれるのですか？」

「なんだ、お前、そんなことも知らずにここにいるのか！」

男は大きな目をむいて、おれを一喝した。そのどら声の圧力が、確かに自分は愚かしいまねをしているという気分をおれに強制した。男は蔑むように続けて言った。

「シテール島に行く船に乗るんだ。誰でも、こうして行けば、ただで連れていってくれるんだ。こんないい話があるか」

シテール島？おれは記憶の中を探って、それがワトーの絵の題名にあることを思い出した。あいまいな記憶の中から、「愛の女神ビーナスの島、愛の巡礼地」といった言葉がそれに付随していたのを、おれは取り出すことができた。これで見当がついた。なるほど、こんないい話はない。こんな時刻に、そして自分の足で歩いていくという不便を我慢しさえすれば、誰でもただで連れていってくれる。確かにおれは冷静さを失っていたに違いなかった。酔っ払ったような気分だった。みんながそれを目指していく、その中の一人に自分もいるという安心感が、アルコールのもたらす酔いと同質なすべてを包みこむ不思議なベールでおれの心を覆っていた。だから、後先考えずに、そのまま行進を続けた。

一晩中歩くのか。シテール島はどんな所なのか。それが聞きたくて、おれはもう一度左の中年の男の方を見た。が、そこには、もう男はいなくて、青い顔をした若い女がいた。彼女はきっとして前を見つめ、口を真一文字に結んで、何かつらそうだった。とても話しかけられる雰囲気ではない。おれはあきらめて、ふと、空を見上げた。暗い色をした空間に、その時、星が流れた。双子座流星群というやつかもしれない。昨日、テレビで言っていたような気がする。流れ星は、一瞬光って、そして消えた。おれは別に感傷的な気分ではなかったけれども、そのはかなさに心が動いた。「流れ星に願い事をする」という迷信を思い出した。人はみんな、幸福を求めている。今、おれとともに行進している人もみなそうだ。

　幸福。この甘美な、また、ありふれた、そのくせ、その中に毒を隠し持っている言葉。おれはこれまで、「幸福」のために、人間がどれほど自己中心的になり、冷酷になり得るかということを、いやと言うほど見てきた。「幸福」とは、人を狂わせる言葉だ。そうであるなら、おれは幸福であるよりもむしろ、正気でありたいといつも思ってきた。もちろん、この現代では、「幸福」というやつは高く売れる。昔の時代に、違う言葉が人の命までも奪っていたように。そういう経済の原理、現代では万能かとも思われる経済の原理に反したおれの方が、気が変だと思われるだけなのかもしれない。人はあまり知らないが、幸福は魔物だ。それは、必ず何かの結果としてやってくる。それを目標とすると、必ずばかげたことになってしまう。

　幸福のことを考えていたおれの胸の底から、何かがくっと突き上がってきた。それは、思い出だった。子供の頃聞いた昔話。妖精が、一人の男の前に現れて、三つの願い事をかなえてくれるという、よくある物語。おれは行進のリズムに体を合わせながら、まるで昔の古い歌を歌うかのように、その物語を心の中で繰り返した。

＊間奏曲

いなかに孤独な男が住んでいた。妻に先立たれ、子供たちもみな死んでしまい、親類たちは遠く離れて長い間行き来もなかった。

男はたった一人で、それでもそれなりに満足して暮らしていた。

ある時、男の前に、一人の妖精が現れた。それはとてもメルヘンチックとは言えない、少し意地悪そうな、背広を着た中年の紳士の姿をしていた。しかし、話す声を聞いただけで、それが超自然的な存在であることがわかった。

「お前の三つの願い事をかなえてやろう」

出し抜けに妖精は言った。男はしばらくの間考えてから、答えた。

「わたしにはもう願い事なんか何もない。だから、こうしよう。世界中の人々が生活に困らないようになり、世界中の人々が幸福になり、世界中の人々が健康で長生きできるようにしてやってほしい」

妖精は笑って言った。

「欲がないのか、欲が深いのか」

次の朝、手が滑って、男は財布を落とした。すると、そこから覚えのない金貨が何枚も飛び出した。開くたびに、財布は新しい金貨を生み出した。男は、自分が突然、無尽蔵の金持ちになってしまったことに呆然とした。そこへ、妖精が現れて言った。

「今日から、おれはお前の友になる。会いたい時はいつでも声に出して呼んだらいい」

妖精は、大地の神秘、天空の神秘、海の不思議などについて無限の知識を持っていて、男はその話を何日も何日も徹夜して聞き入った。

そうした徹夜の翌日、男は暖かな午後、つい木の下で眠り込んでしまった。突然激しい雷雨が襲ってきた。強烈な雷が、男がその下で眠っている木に落ちて、それを引き裂いた。この時になってようやく目覚めた男は、自分がかすり傷一つ負っていないことに、すなわち、自分が不死身になってしまったという信じられないことに、恐ろしいような気がした。

男は青くなって家に帰って、妖精を呼び出した。

「あなたは、わたしの願い事をかなえてくれたつもりなのか？」

妖精はいたずらっぽく微笑して言った。

「何か不満でも？」

「わたしは、世界中の人々の幸福を願ったのだ。世界中の人々がもし、今のわたしのようになってしまったとすると、きっと不幸の人の方が多いのだろう」

「おれはそんなにバカだと思うのか？」

「それでは、うまくやってくれたのか！どうなったのか、この目で確かめたい。きっと世界は素晴らしいことになっている！」

「見せろと言うなら、見せてやる」

男と妖精は外に出た。雷雨は早くも過ぎ去って、雲の間から神々しい日の光が差し込んでいた。

妖精は男を抱きかかえると、軽々と空に宙に舞い上がった。

妖精は男に世界の様子を見せた。

大きな立派な家が見えた。その中で、夫婦がつまらないことで言い争いをしていた。少しも幸福そうではなかった。目を転じると、熱を出して苦しんでいる病気の子供がいた。

何かがおかしい。こんなはずじゃない。さらに、路上で寝ている貧しい人々がいた。

妖精はさらに高く舞い上がった。世界のあちらこちらで、強力な武器がぶつかりあって、血が流れていた。飢えてさまよっている人々。なぜこんなことになってしまったのか。

人殺し、盗み、詐欺。あらゆる犯罪があふれていた。

要するに、世界は何も変わってはいなかった。

男は言った。

「話が違うじゃないか」

「あんたは世界中の人々の幸福を望んだ。だからおれは、その大きな願いに比例して、あんたを無限の金持ちにし、あんたをおれの友達にし、そしてあんたを不死にした」

「あなたはそんなにあまのじゃくなのか！わたしが自分のことだけを望めば良かったとでも言うのか？」

「あんたがそういう小さい男だったら、おれはあんたにそこそこの財産をやり、かわいい子犬でも見つけてきてやり、百歳で大往生できるようにしてやっていただろう」

「ああ、妖精さん、あなたにもやっぱり世界中の人々を幸福にすることはできないのか！」

「おれにできないことはない。しかし、どうしても、わからないことがあるのだ。世界中の人々が、何を望んでいるかということ、それだ」

＊

もう何時間も行進は続いていた。やはり一晩中歩くのか。こんな奇抜な企画をしたのは、一体どこのどいつだろう。誰でもただと言ったって、きっと何かの宣伝、あるいはプロパガンダに関係しているはずだ。もしかしたら、新興宗教だろうか。そうかもしれない。でも、いまさら、引き返せない。

おれは行進の中に、十歳くらいの子供を見つけた。一人で歩いている。おれは好奇心のままに、少年に話しかけた。

「君はどこから来たの？」

少年はうつろな目を向けて、なぜ話しかけるのだと言わんばかりに、おれを見た。ようやく開いたその口から出てきたのは、こんな言葉だった。

「僕の両親は離婚したのです」

少年は下を向いて、黙ってしまった。

そうか、そういうわけで、シテール島への行進に参加しているのか。かわいそうに。

おれはごく小さい子供の頃、自分の両親は「天地創造の時から」一緒にいるものと思いこんでいた。もちろん、「天地創造」なんて難しい言葉を知っていたわけではないが、そう表現するしかないニュアンスで、おれは信じていた。おれの両親が、別にそれほど仲が良かったわけではない。が、おれは、父と母は過去もずっと一緒だったし、未来もまた同様だと自然に思っていたのである。子供はみんなそうなのか、それともおれ一人が変なのか。おれは知らない。子供のおれは、結婚とはそういうものだと自然にそう感じていた。多分、昔の人もそう感じていたのだと、おれは思う。何がそれを変えてしまったのか。そうだ、あの「幸福」というやつだ。繰り返すが、おれは幸福であるよりはむしろ、正気でありたいと思う。

黙々と行進する人の群れの中で、突然、ひとつの異変が起こった。

おれの後方で、女性の声で「あっ」と叫ぶのが聞こえた。それに続いて、大きなざわめき。おれは振り返って見た。若い女が倒れている。彼女は地べたにうつ伏せになって、意識があるのか、ないのか。おれは助けに向かいたかったが、人の前進する流れに押されてどうしても行けない。人々は彼女を踏みつけにこそしなかったが、そこで川の流れが二つに分かれるように、避けて通っていた。誰も助けようとはしない。彼女は急病なのか、それとも、誰かに刺されでもしたのか。おれには何もわからない。心は暗闇だ。わからないまま、行進は構わず進んで行く。おれは自分の心の暗闇が怖くなって、叫んだ。

「人が倒れた！」

誰か、おれの叫びを聞いたのだろうか？

行進は粛々と進んで行く。おれは見た。たった一人、地面に倒れたまま、取り残される若い女を。

おれは一番恐ろしい考えを振り払うことができなかった。彼女は殺された。誰に？一緒にいた男だろうか？何かがあって、男は彼女を刺して、逃げた。

いや、彼女は男から逃げてきたのだ。男は追ってきた。彼女は群衆の中ならば安全だと思い、行進の中に紛れ込んだ。男も群衆に紛れて彼女を狙い、卑劣にも後ろから刺して逃げた。みな、それを見ていた。が、誰も助けもしなかったし、男を捕まえもしなかった。

行進は夜の闇の中を粛々と進んでいく。

おれも、何もしなかった。おれの心は闇に沈んだ。

群衆は暗闇だった。

どのくらい時が過ぎたのだろう。誰かがハミングで歌いはじめた。ただゆっくりと上がり下がりするだけの、単純なメロディーだ。最初は二、三人だった。そのうち、多くの人がこれに和した。単純なメロディーのハミングが大きなうねりとなって、夜の中を行進する群衆を包みこんだ。

おれは歌えなかった。なぜ？何かが、胸につっかえていた。

挽歌？

胸の底から、きゅっとこの言葉が押し出されてきた。そうだ、行進する群衆は、倒れた彼女への挽歌を歌っていた。

おれも、彼女を助けなかった。それなのに、なぜおれは、歌に加わらないのか？

行進は粛々と進んでいた。

歌は次第次第に弱まって、遠くなり、そして彼方へ消えていった。

おれは疲れた。シテール島も、どうでもよくなってしまった。ただの偶然で、おれは行進に参加することになったが、おれにはおれの生活があったはずだ。おれは社会の中で生きている人間だ。魔がさした、そうとしか言いようがない。

それでもおれは惰性で歩きつづけていた。

引き返せない、何かがおれの心にそうささやいていた。

誰かが、おれに話かけてきた。

「あなたは、歌わなかった。おれも、歌わなかったけど」

話しかけてきたのは、若い男だ。痩せていて、顔色が悪い。病身のようだ。おれはしらばっくれて、答えた。

「なんの歌？なにか意味でもあったのか？」

男は微笑して、ゆっくり首を横に振りながら言った。

「おれたちは、一つの死を背負った。あいつらは弱いから、みんなでそれを背負うために歌を歌った。けれども、おれたちは強いから、自分一人で背負うために、歌わなかった。あんたとおれは、仲間だ」

男はそれだけ言うと、夜の闇に消えた。

おれはなぜかこの時、強く孤独を感じた。歩きはじめた頃の、群衆に包まれている高揚感は消えていた。多くの人に囲まれながら、同じ目的に向かって進みながら、おれは孤独だった。おれは闇の中に投げ出された無力な一人だった。

行進は市街地を抜けて、外灯の数も少なくなった。行進は夜の深い闇の中に沈んだ。風だけが、おれの肌を冷たく撫でていた。おれはその風の中に、かすかな潮の香りを見つけた。海が近かった。

しばらく歩くと、ようやく空が明るくなってきた。夜明けだ。暗い色の空に、徐々に、鮮やかな群青がしみとおっていった。遠くでしきりにカラスが鳴いていた。

一晩中歩いて、おれは頭がぼんやりしていた。カラスが鳴いている。誰も聞く者がいなくても、鳥は鳴く。誰も見る者がいなくても、花は咲く。それと同じように、孤独な詩人もまた、歌うことをやめないだろう。孤独は甘美だった。それと同時に、苦かった。

「海だ!」

誰かが叫んだ。

おれは顔を上げて、見た。海。夜明けの青い光の中で、海はその大きな姿を現していた。永遠の波に身を揺らしながら、その限りない広がりは、大空との境界に接していた。

行進は海を目指していた。

港に着いた。

大きな船が停泊している。昇り始めた朝日に照らされて、船はバラ色に染まっていた。先に着いた人々が、蟻の群れのように、その大きな船に吸い込まれていくのが見えていた。シテール島への船出だ。

おれはもう自由だった。行進の呪縛は解けていた。ここで帰ってもよかった。

静かに吹く潮風の中で、大きな船はバラ色に染まり、朝の輝く海に浮かんでいた。おれはそれをじっと見つめた。美しかった。何か、忘れてしまった希望の幻がそこにあるような気がした。それは、ばかげた感傷だったかもしれない。きっとそうだろう。が、ばかげているからと言って、感傷だからと言って、なぜそれを生きてはならないのか。おれは生きたかった。だから、おれは、あの美しいバラ色の船に乗らずにはいられなかった。

甲板の上に背広姿の男が立っていた。乗り込んでくる人々に声を掛けていた。

「ようこそ、シテール島への船旅へ！」

おれはそのセールスマンじみた男の様子が、なぜか不快に感じられた。おれは言った。

「あんたらは、どこの腰巾着なんだ？新興宗教か？信者集めにこんなことをやっているのだろう？」

男は事務的な口調で答えた。

「いいえ、わたくしどもは、純粋な奉仕の精神から、また社会貢献の一環として、皆様をお招きしたのです」

「嘘をつけ！その言い方自体が、宗教くさいじゃないか。いったい、どこの宗教だ？」

「われわれのオーナーは、相続者の全くいない、孤独な大富豪です。それ以上はお話できませんが」

「孤独」という言葉がおれの心を刺した。なるほど。こんなばかげたことをするのは、孤独な人間だけかもしれない。

「孤独だと？そうか、孤独か。それなら、許してやる」

おれの言ったことが理解できなかったのか、セールスマン風の小奇麗な男は、けげんな顔をした。が、口だけは愛想よく、

「良い船旅を」

そう言って、会釈した。

朝焼けの色は早くも薄らいでいた。デッキの上には、新しい日の光が満ちていた。潮風は冷たかったが快かった。船は輝く海の上を、シテール島へ向かって進んでいた。シテール島？これも、きっと「孤独な大富豪」の酔狂なのだろう。快楽の島か、それとも、もう少し高級な美と芸術の島なのか。

おれはデッキ・チェアに身を横たえた。風が冷たかったが、おれはコートを着ていた。自然に眠気がまぶたの上に下りてきた。おれは目を閉じた。

誰かの声がする。

「あんた、あの男にずいぶん毒づいていたな」

おれは目を開けて、痩せて頬のこけた、顔色の悪い男の顔を見た。行進中も話しかけてきたや

つだった。おれは何げなくこう言った。

「あんたの名前は？」

「名前を聞いて、どうする。ただの行きずりじゃないか」

「それじゃ、いいよ」

「おれは、話したい。聞いてくれ」

「ただの行きずりに話して、何になる」

「別に誰でもいい。おれは、話したいのだ」

「勝手にしろ」

男は、おれの隣のデッキ・チェアに身を横たえた。確かに病身らしい。その同情もあって、おれは彼を拒絶しなかった。彼は吐き捨てるように言った。

「おれは、嫌なんだ。嫌でたまらない。

例えば、おれがある地位を占めたとする。おれは得意の絶頂だ。しかし、それが何になる。おれはいつか、そこにいなくなり、そして、おれに似たような誰かがやってきて、その地位に居座ろうとするだけだろう。嫌だ。おれは、おれと似たような誰かに取って代わられる、それだけの人間だなんて、そんなのは、絶対嫌だ。おれは、唯一の人間になりたい。あんたなら、おれの気持ちがわかるだろう？」

「それは、傲慢だ」

「そういう悟ったようなことを言って、いい子のふりをするのか。おれはこの世に、ほんのつかの間存在し、その後には、まるでおれの存在などなんでもなかったかのように、おれとそっくりな者がやってきて、そいつもまた別のやつに取って代わられて、永遠にそんなことの繰り返し。耐えられない。おれは嫌だ。吐き気がするぐらい、嫌だ。無意味なものは何度繰り返しても、やっぱり無意味なんだ。ゼロは無限に足し合わせても、やっぱりゼロなんだ。嫌だ。そんなのは、絶対に嫌だ」

「では、どうすればいい？どうすればお気に召すのか？あとに似たような者がやってくるとあんたは言うが、あとのことなんか考えなければいいんじゃないか？」

「ばかな。似たような者がやってきて、おれに取って代わるということが、それこそが、おれ自身の本質なんだ。そういうのが、現在のおれなんだ。どうしてそれを考えないでいられよう。もし考えずにいられるのなら、それは自分をごまかしているだけだ。何かで気を紛らせているだけだ。虚しい。味気ない」

おれはそう言っている男のげっそりとした顔を見た。

春に花咲き、やがて枯れて、また来る春に再び咲く、タンポポのような存在。結局、人間もそんなものか。おれまでそんな気がしてきた。タンポポの綿毛が飛ぶように、この世界中に、ふわりふわりと漂っている人間たちの姿が見えるような気がする。

「では、どうしたらあんたの言う『唯一の人間』になれるのか？」

「強くなることだ。この現代では、それしか方法がない。強く、強くなるんだ。それが、たった一人でこの世界に立っているということなんだ」

「よくわからないな」

男はおれをじっと見た。そしてあっさりこう言った。

「邪魔したな」

彼はおれから離れていった。

おれはもうそれ以上、その男の言ったことについて考えなかった。

おれは眠かった。優しい潮風がおれを眠りへと誘うようだった。

おれは眠りに落ちて、そして夢を見た。

＊海の間奏曲

夢の中で、おれは子供だった。懐かしい昔の家にいた。父と母の家。おれの家は、どちらかと言えば貧しい方だった。借家住まいを転々とした。それでも、どこに行っても常にそこは、父と母の家だった。一つの空気、一つの光、一つの生活の音楽がいつもそこには流れていた。父と母の家にいる子供の自分を、夢の中でおれは、とても懐かしく思いながら眺めていた。

母がおれを呼んで言った。

「坊や、よく聞きなさい」

母の声は真剣だった。こんなに真剣な声で話す母に、おれは現実には会ったことがない。これは夢の中の母だった。

「坊や、よく聞きなさい。人生には、たった一度だけの時というのがあるの。よく気を付けていないと、そのたった一度だけの時は、知らない間に過ぎていってしまうものなの。それがいつやってくるのか、誰にもわからない。ただ、よく気を付けていなさい」

子供のおれは、その「たった一度だけの時」という空から降ってくる宝石のようなものを、きっとつかまえてみせると、息がつまるような期待と不安の中で思った。

夢の中の時間はねじれる。子供のおれは、そのねじれの中に吸い込まれていった。おれはもう大人になっていた。おれは遠くに遠くに旅に出ていた。おれはどこか知らない場所、全然見たこともない場所にいた。そこは世界の果てだったのかもしれない。寂しいところだった。灰色の海が目の前で限りなく広がり、ただ風が吹いていた。波は荒く、海は大きく、怪物のようにうねっていた。

「ここまで来たのに、まだ、たった一度だけの時は見つからない」

おれは悲しい気持ちでそう思っていた。

その悲しみを、海の水で洗い流してしまいたかった。おれはゆっくりゆっくり、荒れる海の中に入っていった。すぐに波がおれの足をすくって、おれは倒れた。おれは無限の海のとどろきに抱かれて、永遠に彷徨っていく運命を静かに受け入れた。海は、おれを赤ん坊のようにあやしてくれるようだった。

＊

どのくらい眠ったのか、太陽はもう高く昇っていた。

デッキの上は騒がしかった。人だかりができている。陽気な音楽が聞こえてくる。

見ると、道化師のような衣装を着た男が、二匹の犬に曲芸をさせていた。白い犬と灰色の犬は、輪をくぐったり、逆立ちをしたり、椅子から椅子に飛び移ったりしていた。

別に珍しくもない出し物だったが、おれの心に夢の余韻が残っていたのか、無心に芸をする犬どもが、刺すように哀れに感じられた。

音楽が耳触りだった。おれは階段を下りて、食堂を探した。あまり食欲もなかったが、おれはトーストとコーヒーの軽い食事をした。

おれはいつまでも夢の感傷的な気分を引きずっていたのだろう。パンが胃に落ちていくのを感じる時、おれは生き物の悲哀とでも言ったものに包まれるのを感じた。

気分が落ち込んでしまいそうだった。おれは誰かと話したいと思った。

デッキの上では、大道芸が続いていた。犬の曲芸は終わって、今度はピエロの格好をした女がジャグリングを見せていた。キラキラと光るナイフを何本も空中に上げて、それを巧みに操っていた。その後ろの方で、仕事を終えた犬の曲芸師が椅子に座って休んでいた。おれは彼に近付いていった。そして話かけた。

「よく仕込んである犬だね」

二匹の犬は、男の椅子のかたわらに行儀よく伏せていた。

「ありがとうございます」

男は独特の目の表情をしていた。どこか悲しそうで、動物の目の無心の悲しみに似た表情だった。年は五十くらいだろう。もっと若いのかもしれないが、なんとなく、静まりかえった印象を与えていた。仕事を終えた道化師は、そこはかとなく悲しいものなのか。

「犬たちは何を考えているのかね」

おれは言ってしまってから、何て無意味なことを、と思った。しかし男は別に笑いもしないでこう言った。

「こいつらは群れて生きる動物です。だから、エサをやるわたしの命令をよく聞くのです」

「群れて生きる動物か。われわれ人間もそうだね」

「そうでしょうか」

男は物問いたげな目でおれを見た。そして言った。

「こいつらは、二匹、三匹と集まれば、必ずその中で強いものと弱いものとが決まります。群れるということは、こいつらにとっては、順位が決まる、順番が決まるということなのです。人間はどうでしょうか。もちろん、人間の集まりでも、そのようなものは至るところに見られます。人間も動物ですからね。でも、人間の集まりの中には、順番が決まらないものもあります。本当の愛の関係がそうです。愛は、その中にいる人間をすべて平等にする入れ物なのです。人間は、たとえ愛を見つけることができなくても、ヤドカリのように、自分を入れてくれる入れ物を求めます。ここにいる方たちはみんな、船という入れ物に入って安心して、楽しくやっているではありませんか。また、都会はどうですか。そこにいる人々はみんな無関係な分子、カオスのように混沌としています。しかしみんな、都会という入れ物の中でとにかくヤドカリぐらいの安心は得ているようです。わたしはカオスの中をふわふわ漂って生きている、一介の漂泊者に過ぎないのです」

犬の曲芸師は寂しそうに笑った。

おれは彼から離れて、デッキの端に行って、海を見た。

波は穏やかだった。海は、降り注ぐ光の中で、自らの豊かさ、果てしなさを誇っているかのように見えた。

寝不足だったのか、おれはこの時、白日夢を見た。

それは美しい、田舎の風景だった。清らかな小川に、水車が回っていた。水車小屋は妙に細長くできていて、その大きな窓からは、貴重なアンティークの品物があるのが見えた。まるでネオンサインのように、アンティークの品物は七色の光を発していた。大きな宝石のようだ。

「水車のある変わったアンティーク・ショップだね」

おれは隣にいた女性に言った。水車小屋の背後には、階段状の土地に、芝生の鮮やかな緑や、色とりどりの花々が咲き乱れているのを望むことができた。

おれの隣の女性は誰だったのか。よく知っている人のようで、初めて見る人のようでもある。

おれは不思議さにかられて、礼儀を忘れ、彼女を見つめた。

すると彼女は黙ったまま、横を向いてしまった。

彼女の向いた方には、違う景色が広がっていた。霧深い山の宿が見え、赤いあたたかな灯火が、そこに誰かがいることを告げていた。誰か？いや、それは「誰か」ではなくて、おれにとって大切な、親しい人たちだった。おれはその人たちの顔も知らないのだが、確かに、それは大切な人たちだという直感があった。

白日夢はやがて海の青に吸い込まれていった。おれはなぜか慰められたように感じた。心は安らかであった。

おれは再びデッキ・チェアに身を横たえた。そして目を閉じた。もう眠れはしなかったが、心も体も、軽やかに、海上を浮遊しているようだった。

おれは何時間か、そうしていた。やがて、日は傾いてきた。デッキの上が騒がしくなってきた。人々は口々に、

「島だ。島が見える」

そう言っていた。どうやら目的地にもうすぐ着くようだった。

島に着いたのは、日が傾いて、色づき始める頃だった。島は普通の無人島のように見えた。鬱蒼とした緑に囲まれ、生き物の影と言ったら、海鳥ぐらいである。特別な施設があるようにも思えなかった。

人々は行列を作って上陸した。朱色の夕日に照らされて、その様子は人形じみて見えた。おれは最後に船を降りた。

人々は群れを作って、黙ってじっと立っていた。案内人の現れるのを待っているのか。

しかし、案内人は現れない。何か、おかしい。誰かおしゃべりする者もいそうだが、まるで禁じられているかのように皆沈黙している。

夕日が海に沈んでいく。その中を、船はゆっくり島を離れていった。朝、美しいバラ色に染まっていた船は、今は、片側を朱色に、もう片側は深い影に包まれて、一日の最後の輝きを放つ海の上を静かに進んでいった。

おれはそれを一心に見送った。が、ふと、異様な静けさに気づいて、はっと周りを見回した。

誰もいなかった。

あれほどたくさんいた人が、まるで空気の精のように消えてしまっていた。

おれは浜辺にたった一人、取り残されていた。

おれは残光の中、遠ざかっていく船の影に向かって、言葉にならない叫びを叫んだ。

おれは何を叫んだのだろう。おれは、船の帰っていく向こうの土地に、自分の人生を置き忘れて、ここに来てしまった。その人生に向かって、おれは叫んだのかもしれない。

別に後悔はなかった。おれの心は不思議に静かだった。

おれは浜辺で紙切れを拾った。それは、ここに、俺以外の人間がいたという確かな証拠だった。

おれはそれを、まだ残っている空の光で読んだ。

「自我」と題する詩のようなものが、そこに書いてあった。

わたしの心は、一つの世界だ。
でも、ひとは言うかもしれない。
もし、大きな岩がお前の頭に落ちてきたら、
お前は打ち砕かれて死ぬだろう。
世界は決して、
お前の心の中などにはない。

わたしのこころは、一つの世界だ。
あなたの心も、もう一つの世界だ。
それは素晴らしい認識だ。
岩は、ただの岩は、わたしを打ち砕くかもしれない。
が、わたしはこの認識を捨てることはできない。

世界を動かすことができるのは、
ひとつの世界だけだ。
それが自我の宣言である。

日本（Ｎｉｐｐｏｎ）

～どうかＮｉｐｐｏｎと発音してください。

RITTEN
2018.11.20.
ローマの松.

（一）

日本とは何か？ゲンジモノガタリ？ホクサイ、ウキヨエ、ウタマロ？フジヤマ？サムライ？スシ、サシミ、ナットウ？ヤマトダマシイ？水清く、山麗しく、四季の移り変わりの鮮やかな、そして人心穏やかな、わが故郷？

有名な数学者であった岡潔は、純粋な日本人とは高い理想を追い求めてやまない人間のことであるという考えを持っていた。そして、純粋な日本人の例として、俳人の松尾芭蕉、十九世紀のドイツの数学者リーマンなどを挙げている。えっ？リーマン？

つまり「純粋な日本人」＝「高い理想を求めている人」であり、リーマンは高い理想を追い求める人であったが故に、ドイツ人であっても「純粋な日本人」なのである。さすがは、偉い数学者である。これは定義の問題ですよ。

オハグロ、チョンマゲ、ヒキメカギバナ、五七五、米の飯にみそ汁、ああ大和にしあらましかば。関係ない。「今、ここに生きているこのおれが、日本だ！」これは定義の問題ですよ。そうです、もちろん、あなたがただってみんな「日本」なのですよ。

ある精神病院の患者H氏は、本当に「おれが日本だ」と言っている。彼はもう四十歳近いであろう。が、一見したところはまだ若々しい狂人である。彼の半生の体験は、いや、そんなことはどうでもよい。彼はただ両手をひざの上に置いたまま、ときどき窓の外に目をやりながら、（その窓の外には灰色のビルディングの乾いた風景が、雪曇りの空に寒々と広がっていた）院長のT

先生やぼくを相手に、長々と「日本」の話をした。正確には彼が誰よりもよく知っているという「隠された日本」の話である。その「隠された日本」を知っている人間の代表が彼であるから、彼に言わせれば「おれが日本だ」ということになるらしい。

ぼくは彼の話を録音することができた。もしこの記録に飽き足らない人があるなら、群馬県M市のT精神病院を訪ねてみるがよい。穏やかな狂人H氏はまず丁寧に頭を下げ、あなたに椅子をすすめるだろう。そして憂鬱な微笑を浮かべ、静かに「日本」の話を繰り返すだろう。最後に、彼は一枚の紙に、「日本」の位置を示す地図さえ描いてくれるだろう。

ところが、どう見てもそれは、ゆがんだ泣き顔の男の姿なのである。

「ここです。ここが日本です。誰でもその気になれば行けるはずなんですが、行く気がないだけなんですよ。ぼくは、行ってしまったんですね。ぼくは今、憂鬱そうに見えますか?だとすると、決して日本に行こうとしないあなたの方が正しいのかもしれませんね。

でも、知りたくはありませんか、日本を?」

（二）

「日本」はいくつもの小さな村や町からできています。ぼくが行ったのはその中で、「天狗の村」「キツネの村」「アマノジャクの村」「ザシキワラシの村」「一つ目の町」です。まだまだたくさんの村や町があるのです。河童の国は、たいへん有名ですから、あなたがたもよくご存じでしょう？
ぼくがどうして「隠された日本」を知るようになったのか、まずそれからお話することにしましょう。

三年前の夏のことです。ぼくは群馬県沼田市に住んでいる大学時代の友人を訪ねました。彼は今、そこの高校の先生をしています。訪ねていった時、ちょうど沼田は夏祭りの最中でした。このお祭りには数十人もの人で引き回す巨大な天狗の面が活躍するのです。地元に、天狗を守り本尊とするお寺があるということでした。友人の話によると、子供の頃病弱だった彼がそのお寺にお参りして、そのご利益で健康になったというのです。

ぼくはその頃ある事業に失敗して、失意の状態にありましたから、そんなご利益のあるお寺ならぜひお参りしてみたいと思いました。彼は案内することを約束してくれました。

翌朝の十時に駅の前で待ち合わせをすることになりました。

その夜、泊まっているビジネスホテルの廊下で、ぼくは灰色の背広の男とすれ違いました。ぼくはその男の鼻が人間離れしているくらい高く見えたので、思わず立ち止まってしまいました。振り向く勇気もないまま、じっと立っていると、相手も立ち止まったようなのです。ぼくは恥ずかしいくらい下手な作り笑いをして、振り向きました。「なんでもないんですよ、ええ、少しもおかしなことなんかないのです！」と言うように。ところが、そこにはもう、誰もいなかったのです。

その時は、ぼくはこれを自分の神経の疲労のせいにしました。胃が痛み出すとおかしな幻覚を見ることがときどきあったのです。その時は少しも胃なんか痛くはなかったのですけど。

早く寝てしまおう。ぼくはほとんど駆け込むように、部屋に入って行きました。すると、そこにはさっきの灰色の背広の男が、窓の方を向いて立っていました。

「失礼！間違えました」

ぼくはあわてて出ていこうとしましたが、男は雷鳴のような声で答えました。

「間違えてなんかいないよ」

同時に男はゆっくりとこちらを見たのです。実にこの時、ぼくは生まれて初めて、天狗の実物を見たのです。真っ赤な顔、突き出た鼻、大きな目、それは伝統的な天狗そのものです。しかし、それ以外は、たとえば服装や髪型は、現代の人間と少しも変わりません。ぼくは体中の内臓がひっくり返るほど、驚きましたから、逃げ出そうとしました。ところが金縛りにあったように、一歩もうごくことができません。

天狗は奇妙な具合に顔をゆがめながら（後で知ったのですがそれが天狗の微笑でした）言いました。

「なぜ逃げるんだね」

「明日の朝、友人と約束がありまして」

「天狗のお寺にお参りする約束だろう」

「よく御存じですね」

「もっといい所に連れて行ってやる。天狗の村だ」

「いや、あの、もし迷惑でなければ…」

問答無用でした。天狗はぼくの腕をつかむと、窓を大きく開けました。ここから飛び降りようというのでしょうか。ぼくは悲鳴をあげました。部屋は、五階だったのですから。

次の瞬間、ぼくは体が浮き上がるような感じを覚えましたが、そのまま気を失ってしまいました。

（三）

気がついた時、ぼくはすでに「異界」にいたのです。

天狗の村は、ちょうど、のどかな日本の農村といった感じでした。緑豊かな小山、速い流れの小川、その小川には古風な水車さえ回っています。名もない草花が咲き乱れ、近くで牛の鳴き声が聞こえました。

「君は行き倒れの旅人だよ」

突然とどろくような声で言われました。気がつくと、そこに、あの灰色の背広を着た天狗が立っていました。

「なぜ行き倒れかというと、ここは霊の国だからさ。生きたものは本当は来ることができない所なんだ」

言っていることがよくわからないので、いいかげんに相づちだけ打っておきました。耳が慣れてきたせいか、それとも場所が違うせいか、雷鳴のように聞こえていた天狗の声が、次第に普通の人間の声と変わらないように思えてきました。

「歩く時には注意してくれないと困る。君には重さがあるからな」

天狗はそう言うと、軽く飛び上って見せました。いかにも軽々と、十メートルほども。

ぼくはことさらに物理法則を無視して見せる天狗にちょっと不快感を覚えましたから、わざと大股で歩き出そうとしました。すると、どうしたことか、ぼくの片足が地面にめり込んでしまい、動けなくなってしまったのです。

「だから、言っただろう、ここではこの大地でさえ、一つの夢に過ぎないんだから」

天狗に助けてもらって足を地面から引き抜きながら、ぼくは尋ねました。

「夢というと、誰の夢なんですか？」

「ああ、それにはいろいろな説があってな、世界の果てに住んでいる、誰にも知られていない一人の孤独な人間の夢だという説、この世のすべての人間の潜在意識内にある共通の夢であるという説、あるいは、誰もが見る可能性のある普遍的潜在夢だという説、それから、遺伝子に規定された人類に共通の元型としての夢であるという説、……」

ぼくは馬鹿馬鹿しくなったので、後は聞きませんでした。天狗はそれから十五分ほども話していたでしょうか、最後にこう言いました。

「結局定説はなくて、よくわからないということだ。まあ、そんな学説よりも、この世がすべて夢であるという点だけが重要なんだ。わかったな」

天狗は近くのかやぶきの農家にぼくを案内しました。

「いいかね、ここが前世から約束された君の住まいだよ」

天狗はそれから「前世」について一時間以上も講義しましたが、きっとあなたがたには退屈でしょうから省略することにします

（四）

ぼくはそれから一年もの間、のどかな日本の農村風景の中で暮らしました（もっとも、この村では時間の感覚があいまいでありましたから、一年と思っても三日だったかもしれないし、あるいは百年だったのかもしれません。もちろん、それは普通の時計で計ればのことで、ぼくが天狗の村にきっちり一年住んでいたことは疑いありません。なぜなら四季の移り変わりを目にすることができましたから）。たくさんの天狗たちと知り合いになりました。彼らの日常はまさに「晴耕雨読」であって、素朴な農夫の労働によって米や麦や野菜を生産し、奇妙な文字で書かれた分厚い本を誰もが何十冊も持っていました。その奇妙な文字の読み方をぼくも習ってみましたが、とても難しくてとうとう覚えられませんでした。なぜなら、ぼくの目には全く同じに見える文字でも、その日の天候や気温、湿度や星座の位置、風の吹き方などの変化に合わせて、違った読み方をしなければならなかったからです。同じ文章が全く反対の意味になってしまったりすることもあるので、一冊の本が何千通りもの意味に読み取ることができるのでした。書かれている内容

自体は人間の一般の書物と同じであるようでした。人間と天狗とではずいぶん違うので、彼ら天狗が知っても無意味な知識が多かったはずですが、彼らはすべての知識を尊びました。

ぼくは「行き倒れの旅人」として、彼らの保護を受けて暮らしました。

「おお、なんて哀れなことだ！」

ぼくの顔を見ると彼らは必ずこう言うのです。しまいには「哀れ」というのがぼくの名前になってしまったかようでした。彼らは判で押したように、その大きな目に涙をいっぱいためて、歌うような調子で繰り返しました。

「行き倒れの旅人よ、おお、哀れなことだ」

そうなのです。天狗というのは、どうやら、とても感傷的な種族のようなのでした。ぼくという人間は、そうした彼らの感傷癖を満足させるために、ここに連れてこられたようなのでした。彼らの運んでくるおいしいお米や野菜がありがたかったので、せいぜい彼らを満足させてやりたいと思いました。そこで、ぼくはお芝居を始めたのです。ぼくは彼らの見ている前で、故郷の両親を思っての泣きまねをしました。

「ああ、この親不孝の息子を許してください、育ててくれたご恩にほんのわずかでも報いることができるなら、わたしはもう思い残すことはありません」

ちょっとわざとらしいかな、そんな気がかりはないのです。大げさにやればやるほど、天狗たちはぼくを憐れんで、おいしい果物や牛乳をどっさり持ってきてくれるのです。もしここでぼくが職業を訊かれたら、「役者」と答えたことでしょう。

やがて天狗たちの間で「ああ、この親不孝の息子を許してください」というのが流行歌のように口ずさまれるようになりました。そのくせ、彼らにはこの言葉が本当に理解できていたのかどうか疑問です。なぜなら天狗の村には、女の天狗というものは一人もいなくて、したがって、彼らには親も子供もなく、どうやらその寿命も無限大のようなのでした。きっと彼らはこの世の初めから、今と変わらぬ生活を続けてきたのでしょう。これではあまりにも刺激が少なすぎた結果、天狗たちは感情の貧困化に悩まされたのだと、ぼくは思います。そのために、本物の感情の代替えとして、適度の感傷性を獲得したのでありましょう。それでも彼らがとても憐れみ深い種族である事には変わりありません。

たった一年しかそこで暮らさなかったぼくですが、素朴な天狗村における「演劇」の開祖として、名を残すことができたのではないかと思います。

（五）

感傷的で、憐れみ深くて、素朴な天狗たち。もし、あの忌まわしい事件さえ起こらなかったら、ぼくはずっとここで暮らしていたかもしれません。ときどきは退屈を感じることはあっても。

この村は完全に自給自足の生活をしていたのですが、それでも、ときどき起こる隣村との争い事を避けることができませんでした。隣の村には、顔色の青い天狗たちが住んでいました。争いの原因となるのはいつも、実にささいな事でした。ある時は、隣村のゴミを焼く煙が風に乗って流れてきたというだけの事で、またある時は、祭のお囃子がうるさすぎるというだけの事で、大喧嘩が起こりました。一度喧嘩が始まると、三日三晩、不眠不休で天狗たちは殴り合います。彼らは決して死ぬ事はありませんでしたが、けがをする事はあるし、痛みや苦しみも普通に感じるのです。村のほとんどの天狗たちがけがをして動けなくなると喧嘩は自然におさまるのでした。

いつもこうした騒ぎが始まるとぼくは、自分の家に閉じこもって息を殺していました。もし、巻き込まれたら、こちらは命が危ないのですから。

ぼくがこの村に住むようになってからちょうど一年くらいが経ったある日の事です。また隣村との大喧嘩が始まりました。いつものようにぼくは家に隠れていました。騒ぎが起こって三日目の朝、そろそろ鎮静化の兆しが見える頃、ぼくの家の戸が突然乱暴に開けられました。見るとそこに、顔の青い天狗が数人、立っています。彼らは一瞬驚いたようでしたが、駆け寄ってきて、ぼくの手足を縛ってしまいました。

ぼくは気絶してしまったようなのです。再び気づいた時には、ぼくは十字に組まれた木の上に磔にされていました。青い天狗たちは、ぼくをお御輿のように担ぎ上げて、気勢をあげました。彼らはそうして練り歩き、なかなかおろしてくれそうにありません。このまま殺されてしまうのではないか。ぼくの全身は冷や汗でぬれました。めまいと吐き気に苦しみながらも、赤い天狗たちが助けに来てくれないのか、なぜ来てくれないのか、そればかり考えていました。

そして、ぼくは見たのです。待ち望んだ赤い天狗たちの姿を。ところが彼らは遠くから静かにじっと、引き回されるぼくの姿を見つめているだけなのです。

「助けてくれ！」

ぼくは何度も叫びました。確かに聞こえていたはずです。しかし、たまたまぼくと視線が合っただけで、赤い天狗たちは顔をそむけるのでした。これは天狗独特の掟か、タブーのようなものがあるのでしょうか、ぼくには理解できない事でした。

やがて青い天狗たちは、ぼくを高々と天に掲げました。そして、長い竿の先につけた刃物で、ぼくを縛りつけている縄を切り始めたのです。

「やめろ、やめてくれ！なんでもする、だから命だけは…」

ぼくは必死で叫びました。けれども青い天狗たちは表情一つ変えずに、無言のまま、ぼくの片手を縛っていた縄を切りました。両手の縄が切られた時、ぼくは逆さ吊りの状態となってしまい、苦しくてたまらず、もうどうにでもなれと思いました。

やがて足の縄も切られて、ぼくは奇妙に黙り込んでいる青い天狗たちの群れの中に落下していったのです。

（六）

落ちていくほんの数秒の間、ぼくは「ああ、これで終わりだ、自分は死ぬんだ」と嘆きも怒りもなく、ただ考えました。そして、死の神秘の扉が開かれる時、どんな風景が見えるのだろう、こんな事さえ思ったのです。確かに、大地がぼくに触れました。しかし痛みを感じる間もなく、意外な事が起こりました。まるで沼地に落ちたように、ぼくの体は大地にのみ込まれていったのです。

　再び目がさめた時ぼくは、今までとは違う田舎の風景の中にいました。やはりのどかな田園風景なのですが、何か、風の匂いが違うというか、そんな感じがしました。どうやらぼくは、天狗の村の大地を突き抜けて、その下にある違う村に落ちてしまったようなのです。ぼくのいる場所は、深い草むらのようなところでした。遠くに段々畑が見えています。ここにはどんな種族が住んでいるのだろう。ぼくは軽い恐れと共に考えました。

　立ち上がった時、周りがたくさんのキツネによって取り囲まれている事を発見しました。キツネはさっと草の中に隠れました。気味が悪かったので、足元の小石を拾いあげて、キツネの隠れたあたりに思いきり投げつけてやりました。

「痛い！」

三匹のキツネが同時に、人間の言葉でそう叫ぶと、逃げていきました。キツネが言葉を使ったのにも驚きましたが、ぼくの投げた小石はたった一つだったのにどうして三匹のキツネに当たったのだろうかと、不思議に思いました。

　なんの当てもなくぼくは段々畑の方に向かって歩き出しました。畑があるということは、それを作っている人か天狗か、何かがいなければならないはずですから。細い道を歩いていくと、向こうから一匹のキツネがやって来るのが見えました。ちょうど人が、散歩する愛犬に着せているような赤いチョッキを着ているのです。

「こんにちは、ご機嫌よろしくて結構です」

また、キツネがしゃべりました。ひょっとするとここはキツネの村なのか、ぼくはようやく気づいたのです。

「あなた様が今度天からおいでになった新しい神様でございますか。何もございませんが、私どもキツネの村によくお出でくださいました」

これはとんでもない誤解です！ぼくはあわてて首を横に振りました。

「神様？とんでもない！」

「わかっております、私どもを試していらっしゃるのですね。ああ、私たちを試みにあわせないでください！私どもはよく存じております。神様はときどき天から落ちていらっしゃるものだということぐらいは。さあ、どうぞこちらにいらしてください」

仕方ありません。少しずつ話せばわかってくれるでしょう。とりあえず言われるまま、後についていくことにしました。

キツネは今、「神様はときどき天から落ちてくる」と言いました。すると、天狗に連れてこられて、その後このキツネの村に落ちてきた人間が以前にもいたということでしょう。

ちょっとキツネをからかってみたくなったので、

「神様が雨か雪みたいに降って来るのでは、君たちも気がぬけないな」

「いいえ、普段は神様の事など考えません。いつもは私どもは無神論者なんですが、ときどきあなた様のような証人がいらっしゃると、考えを変えるのでございます」

なるほど、キツネの考えというのはそういうものなのか。ふと気になったので、

「前にきた神様は、今はどうしているの？」

この質問には、キツネは奇妙な笑みを浮かべただけで何も答えませんでした（キツネの笑みというのは、かなり不気味なものです）。

（七）

やがて、この小さな村にしてはかなり立派に思える、石で出来た鳥居が見えてきました。鳥居の向こうには、人間の作る「お稲荷さん」そっくりの神社のような建物があったのです。ぼくはおかしくて、笑いを我慢するのに苦労しました。

「ここがあなた様のお住まいでございます」

鳥居の下に、やはり赤いチョッキを着たキツネが二匹、待っていました。キツネは三匹で横一列に並ぶと、

「ご紹介いたします。この三匹で本来の私なのでございます」

「どういう意味だ？」

「つまり私どももキツネは、三匹一組で、一個体なのでございます」

ぼくはさっき、小石を投げた事を思い出しました。

「では、君たちのうちの一匹が、たとえば痛い目にあったりすると、他の二匹も同じように感

じるのか？」

「もちろんです。喜びも悲しみも、痛みも快楽も、生も死も私どもは一体なのでございます」

ぼくは唖然としてしまいました。そんな事が本当にあり得るのでしょうか。

「きみたちキツネの個性というものは、一体どうなっているんだ」

キツネたちは一様に、あの不気味に見える笑みを浮かべながら、

「個性ですって？それはあなたがたのような神々にだけ許された特権じゃないんでしょうか」

「そんな事あるものか、定義から言っても個性とは誰にでもあるものだ」

「では、その個性とやらの根拠をうかがいましょう」

根拠、と訊かれてぼくは困ってしまいました。そんな事は今まで考えたこともなかったのですから。

「そうだな、たとえば遺伝子の組み合わせは…」

「私たちは、生まれる時も同時の三つ子でございます。親からもらった遺伝子も共通なのでございます」

「いや、われわれにだって双子や三つ子はいる。たとえば、有名な医師のエリザベス・キューブラー・ロスは三つ子姉妹の一人だった。ほとんど誰にも姉妹の見分けはつかなかったが、彼女自身は『自分らしさ』というものを必死で求めた。『自分にも生きている価値がある』ことを示さなければならないと感じていたということだ」

「では、最初あなたがおっしゃった『遺伝子』は、個性の根拠ではないのですね」

（八）

　次第にぼくは相手がキツネであることを忘れてしまいました。まるで、自分と同じ人間を相手にしているかのように、ぼくは一生懸命、考え、話しはじめてしまったのです。むきになっていたせいか、口から出任せで、ぼくはこれまで思ってもみなかったことを長々と話しました。

「では、まず歴史的な話をしよう。古今東西において、誰でも個性的な存在であったことをぼくは信じている。が、やはり個性が強調されるのは西洋の文化なのではないかと思う。そしてそれは、昔から西洋で、個性的な存在が成立するための具体的な根拠が強調されていたからだ。

　キリスト教では、一人一人は、神様から魂というものをもらっていることになっている。魂は死後もその人のエッセンスとして永遠に残り、地獄や天国に行くという。この『魂』という思想こそが、西洋において、個性的な存在の強調をもたらしたとぼくは考える。したがって、現在では逆に、『魂』という言葉を『個性というものが成立するための具体的な根拠』と定義することが適切だろう。そうすることによって、死んだ後に魂が天国に行くとか地獄に行くとか、そんな幻想的は話から切り離すことができるからね。大事なのは、『魂』が具体的なものであるということだ。もちろん魂は目で見ることも、手で触れることも出来ないが、一人一人が心で感じることは出来る。恋人がいる人は恋人の魂を心で感じ、その人が世界で唯一の人、『個性的な人』であることを感じているはずなんだから。

　恋や愛でさえ、時代や地域によってさまざまな多様性がある、と言われるかもしれない。では、自分自身が死んでしまうような状況を考えてみよう。もし意識的な存在であるなら、その時、自分自身が唯一の存在、『個性的な存在』であることを痛切に考えるのではないだろうか。

もう一度西洋について考えてみよう。西洋では近代になって、天国や地獄などは作り話だ、魂なども同類だ、ということになってしまった。かくして、『根拠』は忘れられたが、『個性』という思想だけは残った。西洋の哲学者たちは人間の個性を自明なものとしているような節があるが、あれほどなんでも理屈で考えようとする人たちが、なぜその根拠を問わないのか、不思議なことだ。ちょっと後ろめたいのかもしれない。

西洋人たちはとても誇り高い。そして彼らが一番誇りとするものは、数多くの『天才』たちだ。芸術家や、文学者、科学者、数学者、哲学者、思想家、本当に数多くの『天才』と呼ばれている人たちがいる。天才たちは、西洋の魂というべき存在だ。そして、天才とは、インスピレーション、霊感を受けた者というように考えられる。この霊感という考えは、西洋ではとても長い歴史を持っている。古代ギリシアの哲学者ソクラテスは、『ダイモン』という超自然的な存在が霊感を与えてくれると語った。イエス・キリストは弟子たちにこう教えている。『君たちが取り調べを受けるときには、なにを言おうか、どのように言おうかなどと案ずる必要はない。言うべきことは、その場で神が与えてくださる。そのとき口をついて出るのは、君たち自身の言葉ではなく、君たちの父の霊が語る言葉なのだ』。つまり、考えは自然に浮かび上がってくるものでなければ無意味だという思想をイエスは語っているのだ。そして、二十世紀の学者であるユングはこう言っている。『もし洞察が自然に浮かび上って来なかったら、思弁しても無意味である』。ここでユングが語っているのは、もう『ダイモン』や『神』の与えてくれる霊感ではなく、普通の人々の心に浮かぶ洞察のことだ。こうした考えは、一本の筋になって、西洋の歴史を貫いている。

近代になって、『魂』の信仰が衰えた時、『個性』の根拠として、『才能』とか『天分』とかが考えられた。これは巧みなすり替えであった。もともと『才能』や『天分』も、『魂』と同様、神様から与えられるものだったからだ。もちろん、すべての人が卓越した才能を持っているわけではないから、『個性』の根拠はあいまいになってしまった。どうも『個性の強調』については、西洋は功罪相半ばするようだ。言い過ぎだろうか。

もし、『魂』の思想を現代的に復活させることができれば、すべての存在が個性的であることはむしろ当然だ。もし『魂』という言葉が気に入らないのなら、一人一人の『命の尊厳』と言い換えてもいい。これが、ぼくの考える個性の根拠である」

キツネたちはまばたきもせずに聞いていましたが、終わった時、三匹一緒に拍手して言いました。

「結構なお説でございます。それでは私たちは三匹一組で個性的な存在ということにしておいてください。それが、キツネ的伝統というものなのでございます。では、あなた様のお住まいにご案内しましょう、こちらにお出でください」

まさに、のれんに腕押し、糠に釘です。ぼくはなんだか馬鹿にされたように感じました。でも、話し合う時間なら、これからもたっぷりありそうでした。ぼくは黙って、三匹の後について行きました。

（九）

キツネの村も気候は温和で、過ごしやすい所でした。キツネたちは親切でしたが、食事が油揚げばかりなのには、閉口しました。本当にお稲荷さんになってしまいそうでした。キツネたちの生活を見ていると、彼ら自身は油揚げばかり食べているわけではないのです（もちろん、大好物ではありましたが）。普通に人間の食べているような野菜や果物、家畜の肉や乳製品なども食べているのです。そうしたものも食べさせてくれるように頼むと、キツネたちは、いつも同じことを言いました。

「あなた様は神聖な食物しかおとりになってはいけないのでございます」

「だって、ぼくは神様なんだから、自分のことは自分で決めてもいいはずだ」

「いいえ、私たちの神様は私たちの信仰が決めるのでございます。どうか、わがままはおっしゃらないように」

なるほど、普段は無神論者だというだけのことはあります。ぼくの勝手は許してはくれないようなのです。

それにしても、今度の職業、「神様」はとても退屈でした。一日中、神社の中でおとなしくしていなければならないのです。キツネたちが神社にやって来るのは三度の食事を持ってくる時だけです。そして夕食の時には山ほどの油揚げを置いて、わけのわからない呪文をブツブツつぶやきながら、ぼくの手首のところをぎゅっと握るのです。その時彼らはニヤリとするのですが、そ

の気持ち悪いことと言ったら！なぜそんなことをするのかと訊くと、

「これがキツネ的伝統に則ったお祈りなのでございます」

そう言いながら、よだれを流さんばかりに、ニヤニヤするのでした。

ぼくは天狗の村で「役者」をしていた時のことを懐かしく思いはじめました。キツネたちには悪いけれども、そろそろどこか他の所へ行きたいものだと考えました。それには、勇気を出して、どこか高い所から、飛び降りてみるといいのかもしれません。しかし、ここが天狗村と同じであるという保証はありません。本当に死んでしまうかもしれないのです。こんなことをぐずぐず考えながら、半年ほどが過ぎました。そして、あの忌まわしい日がやってきたのです。

（十）

いつものように、夕食に、キツネたちは山ほどの油揚げを持ってきました。そして、例の「キツネ的伝統に則ったお祈り」をしたのですが、どうも様子が変なのです。彼らは目をぎらぎらと輝かせて、部屋の隅に三匹でかたまると、ひそひそと何か相談をしています。ぼくは何食わぬ顔で耳をすませていました。ようやく、

「ついに適当な時が来た」

という言葉だけが聞こえました。ぼくは、彼らに無視されたのが悔しかったので、大声で言ってやりました。

「何が適当な時なんだ？」

キツネたちは一斉に振り向くと、今までの慇懃さが嘘のように、ぞんざいな調子で言いました。

「おまえを食うのにだよ」

そして、気味悪い高笑いを残して、部屋を出ると、外から鍵をかけたのです。

ぼくは、今さら、自分の愚かしさに腹が立ちました。彼らはすぐに仲間と共に戻って来て、ぼくを食べてしまうかもしれません。今まで油揚げばかり食べさせて、神社に閉じ込めて、たっぷり太らせたこのぼくを。何が、「神様」だ。

やがて、すぐ近くでたくさんのキツネたちの歌う声が聞こえてきました。

「天の恵み、地の恵み、おいしい神様が降ってくる。キツネのご馳走、またとないご馳走、さあ、さあ、火を燃やせ、湯を沸かせ！神様が、われらにその身を与える時だ！わが身を食べよと、おっしゃった！わが身を食べよと、おっしゃった！」

そんなことは言っていません。勝手なケダモノどもです。

乱暴に鍵をはずす音がしました。扉が開かれると、あたり一面、何千何万というキツネたちがいるのが見えます。かがり火に照らされた数知れぬ獣の目だけが、きらきら光って見えています。

あの赤いチョッキを着た三匹のキツネがやって来て、言いました。

「さあ、わが身を七つに裂いて食えとおっしゃってください。私たちすべては満腹するでありましょう」

「仕方ない、最後に一つだけ、頼みがある。どうか、ぼくの息の根を止めてから、食うことにしてくれ」

「おお、あなた様のように潔い神様は、初めてです。では、お望みの方法で、殺して差し上げましょう」

ぼくは境内にある大きなイチョウの木を指差しました。

「最後くらいは、派手にやりたい。あそこから飛び降りて死ぬことにしよう」

ぼくが何を考えていたか、もうおわかりでしょう。ぼくは必死の思いで十分な高さまで木に登ると、獣たちのきらめく目の海の中に、飛び込んだのです。

（十一）

もちろん、今こうして、あなたがたの前にぼくは座っているのですから、ぼくの目論見が成功したのは言うまでもないことです。キツネたちに食われてしまっていれば、ここに座っていることは、確かにできないことですからね。

ぼくはキツネ村の地面を突き抜けて、さらにその下にある世界に落ちていきました。

そこが、どうかキツネの村よりはましな所であるように、祈りながら。

ふわりと、大きな柔らかいてのひらに受け止められたように感じがして、落下が止まりました。

確かに、もう落ちてはいません。ぼくは、目の覚めていることを何度も自分自身に確かめました。

それほど奇妙だったのです。ぼくの体は無重力空間に浮いているように感じられたのです。そして、見渡す限り、何も見えないのです。いいえ、暗いのでは、ありません。ちょうど今日のような雪曇りのあいまいな明るさです。かすかに風が吹いているようでしたが、それもほとんどわからないくらいです。これは、とんでもない所に来てしまったものだ、と真綿で首を絞められるような絶望をぼくは感じました。今、ぼくは「絶望」という言葉を使いました。が、少し大げさだったかもしれません。「哀しみ」と言った方が、より近いかもしれません。この微妙なニュアンスを表現する、新しい言葉が欲しいくらいです。

「感覚遮断実験」という、心理学の実験をご存じでしょうか？大きな水槽に、ちょうど体温くらいの湯を満たし、部屋を暗く、無音にし、その湯の中に人間を浮かべるのです。つまり、五感にほとんど何も感じない状態にしてしまうのです。こうした状態に置かれると人は、さまざまな幻覚を見ることがあるということです。人間の心というものは、五感を終始刺激されていないと、自分自身で何かを生み出してしまうものなのでしょうか。心というものは受動的な機械ではなく、何か創造的な性質を持っているものなのでしょうか。もしかするとこれが、ぼくたちが眠りの中で夢を見ることの理由なのかもしれません。

この時ぼくは、まさに「感覚遮断実験」と同じような状態でした。無重力空間にふわふわ浮かんでいると、思いがけない変なものがちらちらと見えてきます。ああ、幻覚が始まったんだな、と思いました。幻覚だと思っても、やはり自分の目にリアルに見えることは実に奇妙な体験です。羽根のはえたリンゴが、ハエか何かのように飛び回ります。うるさかったので手で払うと、たまたま当たってしまい、リンゴは二つに割れました。中に、プラスチック製の真っ青な種子が見えました。その種子が発芽し、あっという間に大きな樹木に生長すると、不思議なことにそれが生えている大地が見えてきたのです。大地に気づくと、そのはるか上には青空が広がり、ぼくはいつの間にか、虚無の無重力空間ではなく、普通の世界の、リンゴの木の下にいたのでした。

（十二）

前の二つの村と同様、ここも静かな田舎の風景です。しかし、すぐに一つの疑問が浮かびました。この風景は、ぼくの心が作り出した幻覚に過ぎないのでしょうか？

ぼくは、枝から一つのリンゴをもぎ取ると、食べてみました。果肉の中に、プラスチックの真っ青な種子があったら気持ちが悪いな、などと思いながら。幸いなことに普通のリンゴでした。口の中でその甘い果汁を味わい、飲み込むと確かに、実態を持ったリンゴが食道を通って行くのが感じられました。空腹だったので、ぼくはそれ以上何も考えず、ひたすらリンゴを味わい、食べました。なかなかおいしいリンゴでしたが、さっきの無重力空間で感じた「哀しみ」のようなものが、胸の底に沈殿してしまっているようで、いくら食べても満足感が得られないのです。

それでも腹が一杯になると、ぼくは眠くなりました。いまだこの村の住民が現れないのは不安でしたが、静かで平和な風景を見れば、それほどひどい所でもなさそうです。ぼくはリンゴの木にもたれかかって座り、そのまま眠り込んでしまいました。

そして、ぼくは夢を見ました。田舎の道をさまよい歩いて行くと、やがて小さな家がいくつも並んでいる所に出ました。普通の家の、半分くらいしか大きさがありません。その近くの畑で、一メートルに足らない小さな鬼のような姿の者たちが、自分の背丈ほどのキュウリを収穫していました。

ぼくはこれまで天狗やキツネとも付き合って来たので、多少大胆になっていました。

「こんにちは。ずいぶん大きなキュウリですね」

するとその小さな鬼のような姿の者たちは、驚いた様子を見せましたが、意外に愛想よく返事をしたのです。

「これは、これは。異界からのお客様とは、珍しい。ここはアマノジャクの村ですよ。お客様は、一体全体、どうやってここに来ることができたのですか」

「ああ、ぼくもいろいろあったのだよ。実は、ある事業に失敗してね…」

「なるほど、よくわかりました。私たちアマノジャクは『否定の霊』と呼ばれています。目覚めている時には見えず、夢の中にしか出てこないのです。何もございませんが、どうぞ、嫌になるまではここにいらしてください」

「そのキュウリは、粕漬けかなにかにするのかね」

「えっ、これですか？これは…これは…」

キュウリぐらいのことで、何を口ごもっているのでしょうか。アマノジャクはしばらくためらっていましたが、意を決したように言いました。

「実は、このキュウリから、アマノジャクの子供が生まれてくるのです」
これを聞いた時、なぜか、ぼくは自分の舌の上に、ほろ苦い幻滅の味を感じました。舌に載せたとたん、ふわりと苦く、跡形もなくどこかに消えてしまうような、風をのみ込んだような、雲をつかみ損ねたような、わけのわからない、幽霊のような、カゲロウのような、ぼくは軽くため息をつきました。そう、本当に軽くです。

（十三）

ここで、目が覚めました。ぼくは、リンゴの木の下で眠っていたのでした。ということは、今のはすべて夢だったわけです。この村に住んでいるのがどんな種族なのか、ぼくはまだ何も知らないわけです。頭ではそう考えても、心では、ここに住んでいるのは、あの小さな鬼のような姿のアマノジャクであると、確信しているのでした。

ぼくは夢で見た通りに歩いてみようと思いました。小さな家の立ち並ぶ、アマノジャクの集落にたどり着くことができるかもしれません。

ところがいくら彷徨い歩いても、ススキやスゲやチガヤの生い茂る野原があるばかりです。やがて遠い山に夕日が沈む頃になりました。ぼくはふと、高浜虚子の俳句を思いだし、「遠山に日の当たりたる枯野かな」と言ってみました。すると、風の中からこんな声が聞こえました。「浅茅が原どくろを抱いて夜寒かな」。どこかの風流な鬼か何かが、返事をしたのでしょう。変な句ですが、姿の見えない相手ですから、許してやりました。

一日中歩き回って、足が棒のようになり、とうとうぼくは野原に座り込んでしまいました。これ以上は一歩も進めません。「草臥れて宿借るころや藤の花」と芭蕉の句を叫んでやりました。そして耳を澄まして返事が来るのを待ちましたが、聞こえてくるのは風の音ばかりです。今夜はここで野宿です。疲れていたので、すぐ眠ってしまいました。

ぼくはまた、夢を見ました。アマノジャクたちがたくさん集まって、餅つきをしています。どうやら餅をぼくに振る舞ってくれるようです。

「さあさあ、おなかがすいたでしょう。お餅をどうぞ。たんと召し上がれ」

そう言えば、ぼくは今日、リンゴを食べたきり、何も口にしていなかったのです。急に空腹を感じて、ぼくは餅をほおばりました。夢中で食べ続け、食べることに疲れてくるくらい食べました。しかし、少しも満腹にならないのです。アマノジャクたちはくるくるとよく働いて、次から次へ、餅を持って来てくれます。とうとうぼくは言いました。

「もう、結構」

「えっ、どうしてですか。まだたくさん、あるんですよ。それに、少しもおなかが一杯になったように見えませんが」

「それはそうなのだけど、もう、疲れてしまったので」

われながら情けない声で、こう言いました。あまりに情けなかったので、これが夢の中であることを思い出しました。目を覚ませば、少しはましかもしれない。そこで、ぼくは目を覚ましてみました。辺りはまだ真っ暗で、星の光も見えません。浅茅が原に、風ばかり吹いています。おまけに、ひもじくてたまりません。ぼくはようやく、「目を覚めている時には見えず、夢の中にしか出てこない」と言ったアマノジャクの言葉を理解しました。これは、ひどい所に来てしまったものです。

（十四）

夜明けと共に、ぼくはまた歩き出しました。アマノジャクの集落を目指していたわけでは、もうありません。そこから飛び降りることのできる、高い木か、崖か、そんなものを探してです。このままでは、飢え死にしてしまいます。

しかし、行けども行けども、果てしない浅茅が原ばかりです。「旅に病んで夢は枯野をかけ廻る」と芭蕉の句を言ってみました。ここではどうして、俳句ばかり心に浮かぶのでしょうか。俳句好きの鬼が住んでいるのかもしれません。鬼は、芭蕉の句に感動したのか、風の中からいくつも俳句を叫んで聞かせました。「木枯らしの吹き残してや影法師」とか、変な句ばかりでしたから、下手の横好きというやつでしょうか。

ときどき休息して、少しでも眠ってしまうと、必ずアマノジャクたちが夢に現れて、ぼくのために飲めや歌えの大宴会を催すのです。ぼくは飲み疲れ、食べ疲れ、そして哀しい気持ちで目を覚ますのでした。

どのくらい歩いたでしょうか、ようやく、何か立て札のようなものが目に入りました。こんなことが書いてあるのです。

「ここより隣村」

隣村？ぼくは、天狗村での経験から、少し怖くなりました。が、何もないアマノジャクの村も、もうたくさんです。ぼくは思い切って、村の境界を越えました。

一歩、隣の村に入った途端、荒涼として荒れ野の雰囲気はがらりと変わり、妙にみずみずしい風が顔に吹きつけました。のみならず、懐かしい小川のせせらぎ、木の葉のそよぎ、鳥のさえずりが聞こえてくるのです。ぼくはほっとして、急に全身の力が抜けて、その場にしゃがみこんでしまいました。遠くで、子供たちの歌う、わらべ歌が聞こえています。

かごめかごめ

かごの中の鳥は

いついつ出やる…

ぼくはふと、「鳥かごが鳥を探しに行った」というカフカのアフォリズムを思い出しました。鳥かごに、手足が生えて、動き出すのが幻覚のように見えました。そのまま、気を失いそうになりましたが、わらべ歌の、「後ろの正面だあれ！」という言葉と同時に、誰か、小さな子供がぼくの背中に飛びかかってきたので、正気付きました。子供の声がしました。

「あなたは誰？」

見ると、おさげ髪のかわいらしい女の子です。

「あやしい者ではないよ、ただ、おなかがすいていてね」

「それは、かわいそう。こっちに来て」

ぼくは女の子に手を引かれて行きました。すると、大きな栗の木の下で、遊んでいる七、八人の子供たちが見えました。

（十五）

子供たちはぼくの姿を見ると、目を見開いて言いました。

「おとなだ！おとなが、なんでザシキワラシの村にいるんだ！」

「ああ、それには深いわけがあるのだよ。君たちもおとなになればわかる」

「馬鹿だなあ、ザシキワラシはいつまでたっても子供のままだよ、なぜってぼくらは子供のまま死んだ霊なんだから」

それでも彼らは、落ち葉を集めて焚き火をし、栗の実を焼いて食べさせてくれました。彼らの話では、いつも、栗や、野イチゴや、アケビや、桑の実や、いろいろな木の実を、リスや小鳥のようにとって食べているということでした。ぼくは彼らのあわれな身の上を思って、胸が痛くなるように感じました。

「お地蔵様」がこうした子供の霊を守ってくれるという事を何かの本で読んだのを思い出しました。そこで訊いてみました。

「お地蔵様はいないの？」

子供たちは事もなげに首を横に振りました。少し生意気そうな男の子が言いました。

「おとなって、馬鹿だなあ。それは『いる』じゃなくて、『ある』と言うんだよ」

そして、彼は、道端の小さな石の像を指差したのです。そこには、風雨に顔を削られた、石の地蔵がありました。男の子は、冗談だよ、と言うように笑いだしました。ぼくは自分の感傷がちょっと恥ずかしくなったので、一緒に笑いました。実際子供たちは屈託がなくて、別に苦労している様子もありませんでした。きっと、目には見えない地蔵か何かの働きで、ここは一年中、豊かな自然の恵みがある所なのでしょう。


その夜は、焚き火を囲んで、栗の木の下に眠ることになりました。子供たちは慣れたもので、すぐ眠ってしまい、ぼくは一人目覚めて、小枝を折っては焚き火にくべていました。彼らはどんな夢を見ているのでしょうか？隣村の、アマノジャクは出てくるのでしょうか。おさげ髪の女の子の寝言が聞こえました。「カラスウリの大黒様」とか言っています。悪い夢では、なさそうです。

「夢」という言葉は、睡眠中に見るものを指す場合と、未来の希望を指す場合があります。睡眠中に見る夢の中に、未来の予言が出現するという迷信から、「夢」という言葉が未来の希望を表すようになったのかもしれません。ホメロスによると、夢は天上の神々から送られてくるものです。夢の出てくる天上の扉には二つの種類があります。一つは角《つの》で出来ている門で、ここから出てくる夢は正夢です。もう一つは、白い象牙に巧みに彫刻の施されたつややかな門で、ここからは、偽りの、人をだます夢が出てくるというのです。

夢に未来の姿が映るという迷信は全人類的に古くからあるもののようです。

この子たちはずっと子供のままだと言います。彼らは夢の中でしか、おとなになれないのでしょうか。

「子供」という言葉が、おとなへの通り道を指す時は、希望と生命に満ちています。しかし、「子供」という言葉が「永遠」と結びついてしまう時、胸を刺すような哀しみを感じさせるのはなぜでしょう。

「鳥かごが鳥を探しに行った」。ここに来た時、思い浮かんだカフカのアフォリズムを、ぼくはもう一度、味わいました。

豊かな自然の恵みがあると言っても、おとなのぼくが一人いるために、彼らの食物がそれだけ少なくなる事になります。ぼくは全然迷いませんでした。

ぼくは栗の木に登ると、子供たちを避けるように用心して、飛び降りたのです。

（十六）

地面を突き抜けてその下の村に着きました。いや、今度は町と言った方が適切です。立派な都会です。ぼくが落ちた所は、ビルの屋上のようでした。都会の喧騒、自動車のエンジンの音が聞こえてくるのは、人間の町と少しも変わりありません。

この喧騒を耳にした時、ぼくはむしろ安心しました。天狗やキツネやアマノジャクよりは、人間に近い種族が住んでいると思ったからです。ここから見下ろすと、交差点を歩いて行く人間によく似た姿があるのです。もしかしたら、ここはぼくの故郷M市なのではないかとさえ、思いました。見覚えのある、駅前通りにある雑居ビルの屋上に、ぼくは今、いるのに違いない、ぼくはやっと人間の世界に帰ってくることができたんだ。うれしくて、躍り上がりたいような気持ちでした。

　ぼくは早足で階段を降りていきました。何人かにすれ違いましたが、別にぼくを怪しむ人はいなかったし、ぼくの方も、全然気にしませんでした。急用の人のように、ぼくは自分の足元ばかりを見ていました。

　正面の自動ドアから表に出ました。やはり、故郷の駅前通りによく似ています。大きなケヤキの並木、レンガ敷きの歩道、まっすぐ駅までの車道。懐かしくなって、ぼくは故郷の人たちの顔をよく眺めてみようとしました。次の瞬間、ぼくは頭をいきなり殴られたくらい、驚いたのです。

　人々の顔には、真ん中に大きな目が、一つしかなかったのです。ここは、一つ目種族の町だったのです。彼らもぼくの方を見ましたが、不審がる様子もなく、行き過ぎます。ぼくはすっかり混乱してしまい、なぜ彼らはぼくを平気で無視できるのだろう、などと考え、ぼんやり歩道の真ん中に立っていました。強烈な心細さと孤独とを感じながら。

　窓の開いた、白い自動車が通り過ぎて行く時、中からじっとこちらを見ている目があったように思いました。すると、少し先でそれは急停車し、紺の背広に水玉のネクタイをした、一つ目の男性が降りて、ぼくに近づいてきたのでした。その男性は、当たり前の会釈をすると、ぼくに一枚の名刺を差し出しました。そこには「理化学生命研究所長・村沢勇一郎」と印刷してあるのです。

「失礼ですが、あなたは人間ですね」

村沢所長は言いました。ぼくは、こんな事にさえ自信がなくなっていたのですけど、相手の言う通り、肯定しておきました。

「おお、人間は確かに実在していたんだ！伝説の中に出てくるだけの、想像上の生物というのが、学会の定説だったのに！どうです、あなたは学問の進歩に協力しようというお気持ちはありませんか？研究所で、ぜひお話をうかがいたいのですが」

（十七）

もちろん、ぼくには村沢所長の申し出を断る理由なんてありませんでした。なにしろぼくは、たった一体しかない、貴重な標本だというのですから、無体な実験材料にされてしまう心配は、なさそうでした。

自動車の中で、しばらくは窓から町並みを眺めていましたが、外観は人間の町と少しも変らないので、ぼくは飽きてきました。そこで、ぼくは村沢所長に話しかけたのです。

「さっき、歩道に立っていた時、あの、あなたがたの種族の方々は…」

「私たちの種族は『アルゴス』といいます」

「アルゴス」は、ギリシア神話に出てくる百眼の巨人のことで、彼らには不釣り合いのようでしたが、不審がっては悪いと思い、それについてはそれ以上訊きませんでした。

「そうですか、アルゴスの方々は、ぼくを見ても平気で通り過ぎて行きました。なぜでしょう?」

「ハハハ、人間の方はおかしな事を気になさるんですね。私たちは、あらゆる差別を嫌悪します。そもそも差別とは、原始的な宗教的情感から派生する事が多いのです。第一、宗教自体、一種の『差別の構造』ですからね。そうでしょう、一体なぜ、『聖』とか『俗』とか言うのですか。あの面倒な、数々の戒律はまさしく日常に『差別の構造』を導入するために決められているとしか、考えられないじゃないですか。もちろん、私たちも信教の自由は尊重しておりますが、一般的には、私たちは無宗教です。それは、私たちの種族が差別を嫌悪する心性を持っている事に根ざしているのです。ですから、たとえあなたの目が三つだったとしても、誰もそれを気にする者はいないと思いますよ」

ぼくは、自分をあまり宗教的ではない人間と思っていたのですが、アルゴスたちの一つ目が気になって仕方ないのを自覚すると、また自身をあやしく思えてきました。ぼくはこの当惑を相手に知られたくなかったので、話題を変えました。

「アルゴスの町は、人間の町とほとんど変わらないように見えますが。ぼくの故郷によく似ています」

「それは、あなたの目が見ているからですよ」

ぼくは所長の言葉がすぐに理解できませんでした。

「見る目が違うと、アルゴスの町は変わってしまうのですか」

「そうです。もちろん、構造的には不変ですが、直線が曲線になる事ぐらいかまわないでしょう。われわれの町は見る者によって変わるのです」

「でも、それでは、たとえば『駅から近い家』なんて言明は無意味になってしまうのではないですか」

「そうです。私たちは距離の概念をあいまいにしか持っていません。厳密な距離の概念は、数学者たちの駆使する、極めて抽象的な概念と一般には思われています。自分の見ている世界と、他の者が見ている世界とを比べれば、ちょうどゴム膜の上に描かれた絵のように多様にゆがんでいる事を、私たちは皆、知っています。でも、構造的には一致するのですから、話し合うのはそれほど不便ではありませんよ」

（十八）

こんな話をしながら、大きな建物の前に着きました（停車位置のマークが目立つようにしてあるのは、アルゴスたちがあいまいな距離感覚しか持っていないためでしょう）。ここが、「理化学生命研究所」です。ぼくはここで一室を与えられ、生活する事になったのです。ぼくの今度の職業は、自分で言うのもおかしいですが、「貴重標本」でしょうか。

村沢所長はぼくを案内しながら、言いました。

「ここで、あなたはしばらくの間自由に生活してみてください。別に我々はあなたを実験動物にしようとか、四六時中観察しようとか、思っていません。あなたの協力が必要な時は、あらかじめそのように申し出ますから、その時に研究に参加して頂く事だけが、あなたの義務です。よろしいですね」

ぼくはもちろん、異存はありませんでした。

「それでは、参考のために、少しだけ研究所の中をご案内しましょう」

その名の通り、ここは物理・化学の知識を総動員して、生命現象について研究をしているのでした。専門的な細かい事は知識のないぼくにはよくわかりませんでしたが、基本方針だけは非常にわかりやすいものでした。所長の説明によると、それはこうなります。

「私たちは基本的に、唯物的な世界観を持っております。つまり、基本的な生命現象から、脳内における思考や感情まで、すべて物質の働きによって、完全に説明できるという信念を持っているのです。今はまだ信念に過ぎませんが、いずれは、きちんと証明された事実になるはずです。そのために、生き物を調べてその基本的な生命現象や、その思考・感情の現象が、物質によって支配されているのを明らかにする事、もちろんこれは重要です。だが、それだけでは片手落ちです。数学の証明で、必要条件ばかり調べているようなもので、その逆も同じくらい重要なのです。つまり、純粋に物質だけの働きによって、生命自体と、われわれの思考や感情と同じものとを作り出す事、これができなければ、唯物的世界観など、絵に描いた餅ですよ」

ぼくはここで、アマノジャク村での経験を思い出して、強くうなずきました。

「生命の合成については、かなり研究が進んでいます。まだ解決しなければならない難問がたくさんありますが、それでも希望は持てます。しかし、物質だけによって、思考・感情の働きを作り出す事、これには、根本的な部分で、非常に難しいジレンマが存在しているのです。たとえばコンピューターを使って、人間と全く区別できない受け答えのできる機械が発明されたとしても、全然証明としては不十分なのです。たとえ話で説明しましょう。ここに他人から全く見分ける事のできない双子の兄弟がいるとします。それでも、その双子が別人格を持っていて、それぞれが独立した人間であるのは明らかです。つまり『似ている』という事と、『同一である』という事は、厳密に区別しなければいけない概念なのです」

ここでぼくは、キツネ村での経験を思い出して、再び強くうなずきました。

「この概念の区別を、混乱させているのは、えせ唯物論であると言えましょう。それでは、どうすればいいのか。機械が、確かに『思考している』と言えるのは、その機械が創造性を示した時だけである。こういう事になります。しかし、『機械の創造性』を判定するのは、私たちです。その判定自体が、私たち自身の『創造的解釈』ではないと、どうすれば言えるのでしょう。これが根本的な難問なのです」

これは長い間アルゴスたちを悩ませている問題らしく、所長は深いため息をつきました。

「要するに、鏡に映る影を『生きている』と勘違いする愚か者に、私たちはなりたくないのです。ある者はこんな事を言いました。『アルゴス同士の間でも他の者が思考していると判定するのは、アナロジーによるしかないではないか。概念の混乱などと、無用な厳密主義を振りかざす事は科学の不毛につながってしまうのではないか』。だが、この議論には致命的な欠点があります。機械とアルゴスが、ある一点で本質的に決定的に違うのを忘れてはいけません。この違いは、『他者性』と呼ばれています。機械はいつでもスイッチを切って、止めてしまうことができますが、アルゴスを殺したり、無理矢理監禁したりする事は犯罪です。簡単に言うと、これがアルゴスが持っている『他者性』です。機械には『他者性』がありません。私たちがアルゴスに対する時には、無意識のうちに『他者性』を持った相手に向かっているのを前提として、相手が確かに思考していると判定しているのです。単なるアナロジーでは、ないのです。ＳＦ的な仮定ですが、異星人がやって来たとしましょう。もし単なるアナロジーのよるなら、異星人たちが『思考している』と判定する理由はありません。彼らは私たちとは、全く違う生物なのですからね。が、私たちは無意識のうちに、異星人たちの『他者性』を認めてしまうので、彼らの思考能力を疑ったりはしないでしょう」

（十九）

所長が、ぼくと対等に話をしてくれるところを見ると、ぼくにも「他者性」を認めてくれているようです。所長の話はまだ続いたのですが、そろそろ話題を変えましょう。ぼくはアルゴスたちをもっと知りたくなりました。しばらくの間は、研究協力もなくて暇なようでしたから、ぼくは気ままに町を見て歩きたく思いました。生物学専攻の吉川広志という大学生が、ぼくの案内役になってくれました。

ぼくはまず、アルゴスの芸術について知りたかったので、コンサートや美術館に連れていってくれるように頼みました。すると驚くべき事に、そうしたものはないというのです。もちろん、音楽や美術という芸術をアルゴスたちは持っているのですが、それらはすべて日常生活の中に融合していて、コンサート会場や美術館という日常とは区別された空間でそれらを味わうという習慣はないのだ、との説明でした。

それでは、音楽家や画家に紹介してほしい、とぼくは無理を言いました。吉川君は奔走してくれました。そして、兄の真一さんが音楽家、妹の一子さんが画家である、桑原さんに会える事になったのです。

アルゴスの町は、ちょうど新緑の美しい季節でした。そのある晴れた日、ぼくは吉川君と一緒に桑原家を訪問したのです。ここの兄弟は、ともにアルゴス芸術大学で講師をしていました。

まずお兄さんの方が、アルゴスの音楽について話してくれました。その音楽は、声楽が中心であり、それも歌詞のない、ボーカリーズが重視されているということでした。楽器は、自然音を模倣するものが多く、それほど大きな音が出ない上に音程もそれほど正確ではないので、器楽の発達はどうしても制限されてしまうのだそうです。

真一さんは、教え子たちを集めて、合唱を鑑賞させてくれました。真一さん自身が作曲した、無伴奏のボーカリーズの美しい合唱曲です。新緑の頃のそよ風が歌を歌ったとすると、きっとこうなるのではないかと思われる、心身ともに癒されるような、爽やかな音楽でした。ただ一つ困ったのは、この音楽を聴いていると眠くなる事で、せっかく演奏してくれているのに、眠ってしまっては失礼ですから、ぼくは自分で自分の足を踏んだり、手の甲をつねったり、かなり苦労しました。これはアルゴスたちにとっても同様らしく、吉川君は完全に舟をこいでいました。

真一さんは熱心に指揮をしていましたが、一曲終わると振り向いて、ぼくの方を見ました。そして、おや、という意外そうな顔をして言いました。

「あなたは、眠くなりませんでしたか？」

ぼくは遠慮がちに、肯定しました。

「そうでしょう、今演奏したのは、『眠りを誘う曲』ですから。人間の方は、感じ方が違うのかと思いましたよ」

これでわかったのですが、アルゴスの音楽の多くは、実用的に作られています。「食欲増進の曲」「嫌な事をわすれさせる曲」「瞑想のための音楽」「活力を目覚めさせるための音楽」…。このほか、自然の風景を具体的に、あるいは抽象的に描いた音楽も人気があるそうです。変わり種は「沈黙の音楽」です。ぽつりぽつりと音が鳴るだけの曲で、音響よりは、音と音の間の沈黙を楽しむためのものなのだそうです。

(二十)

妹の一子さんは、アトリエで制作中でした。一子さんは、絵画の鑑賞は能動的行為だ、と強調しました。アルゴスの絵画は、柔らかいゴム製のキャンバスに描かれていて、鑑賞者はそれを自由に変形しながら見るのです。「絵画鑑賞装置」なるものも発明されていて、それはランダムな方向にゴムのキャンバスを引っ張り続ける機械らしいのですが、一子さんは嫌っていました。

「やはり、アルゴス自身の手で伸ばしたり縮めたりするのが一番です。肉体の動作が加わる事によって、私たちはいっそう能動的に、絵画を味わうことができるのですから」

ぼくも、一子さんの描いた絵を「鑑賞」させてもらいました。最初抽象画だと思ったものが、あちこち引っ張っているうちに突然、一子さんの自画像であるとわかった時は、とても驚きました。

「あなたはその伸ばし方で、私を見つけたのですね」

一子さんが笑って言いました。

「こちらが、兄の肖像です。見つけてごらんなさい」

このほかアルゴスの絵画には、まるでジグソーパズルのように多くの細片に分かれていて、それらを自由に組み合わせて「鑑賞」するもの、透明な板の上に描かれていて、裏からさまざまな色彩の照明を当てて「鑑賞」するものなど、いろいろ変わった種類がありました。後者の場合、照明の当て方によってまるで違った見え方になり、まるで判じ絵のようでした。確かに絵画の鑑賞は能動的行為であり、作品を何枚も見たら、ぼくはすっかり疲れてしまいました。一子さんは絵筆を動かしながら、

「初めての方は、五、六枚も見ると疲れてしまうものですよ。お茶でもいれましょうね」

ちょうど真一さんもアトリエにやって来たところでした。緑茶によく似た、香りの良いお茶をみんなで飲みながら、雑談しました。吉川君が、学問漬けでいつもぼんやりしている教授の失敗談を話して、ぼくたちを笑わせました。

「…その教授は、ときどきネクタイを背中の方に下げて講義に来るのです。どうやらワイシャツのままベッドに入って、そのまま起き抜けにやって来た様子です。教授が後ろを向いて、黒板に方程式を書いていると、ぼくらはおかしくてたまらないので、とうとう誰かが『先生、ネクタイが逆です』と言います。すると、教授は、『それがこの方程式となんの関係がある！』と怒るのです…」

（二十一）

アルゴスの芸術には、創作者の自意識というものがあまり感じられないのが印象的でした。そのために、常にすべての他者に対して開かれている芸術であると感じさせてくれました。有名な河童の哲学者は「我々の自然を愛するのは自然は我々を憎んだり嫉妬したりしないためもないことはない」と書きました。このまねをして言えば、ぼくらが自然を愛するのは、自然がぼくらを拒絶しないためもないことはないでしょう。アルゴスの芸術にはそのような自然とよく似た性質があるようです。

眠れなくて困るような夜、ぼくは真一さんの「眠りを誘う曲」を口ずさみます。すると気分が落ち着いて眠りがたまらなく懐かしく思えてきます。そのままベッドに入れば、安眠は間違いありません。大きな自然の一部分として生きている安心感、そんなものを、はるかな過去から思い出したように。

そんな眠りの中で、ぼくはしばしば、天狗村や、キツネ村、ザシキワラシの村の夢を見ました。どうしたことか、アマノジャク村だけは出てきませんでした。あの俳句好きの、姿の見えない鬼は、今も風の中から変な句を叫んでいるのでしょうか。天狗村やキツネ村では、ぼくはそれぞれひどい目に遭っているはずなのですが、今ではなぜか懐かしく感じられるのです。あのキツネたちにしても、彼らは別にぼくをだましていたのではなくて、「キツネ的伝統に則った信仰」というものが、「神様を食べてしまう事」だっただけなのでした。今ではぼくはキツネたちのことをそれほど悪くは思っていないのです。

ぼくは自分のこうした風変わりな経験を、何かの参考になるかと思い、村沢所長に話してみました。所長は、これをぼくの作り話だと思ったらしく、本気で相手にしてくれません。彼の唯物論的世界観は確固としていて、もしかしたら、アルゴスの世界は今までの村とは異質なのではないかと思わせました。つまり、もしぼくがここからどこか別の世界へ行きたくなったとしても、高い所から飛び降りればよい、というわけにはいかないかもしれないのです。アルゴスの大地は地の底であるかのように固く、飛び降りたぼくは首の骨を折るだけかもしれない。ときどき人間の世界が恋しくなることのあるぼくは、こんなことを考えて、少し憂鬱になってしまいました。何かの気晴らしが必要でした。

ぼくは吉川君と一緒に、桑原一子さんのアトリエに通って、絵画を描くことを習うことにしました。ぼくは子供の頃から、絵を描くことは好きでしたし、アルゴス絵画の自分の創意が生かせる所も楽しそうでしたから。

（二十二）

桑原一子さんのアトリエで、ぼくはいろいろなアルゴスたちと知り合いになりました。アルゴスの美人の基準など、ぼくにはもちろんわかりませんが、吉川くんによると、一子さんは非常に美人なのだそうです。そんな一子さんに熱を上げている詩人や音楽家や画家が集まってきて、アトリエは一種のサロンのようになっていました。

最初に親しくなったのは、河上伸明という詩人です。河上君は、アルゴスとしては珍しく神秘的なものに興味を持っていました。彼は「旅の詩人」として知られているようでした。彼の考えによると、旅先の各地それぞれに、その土地の霊魂と呼ぶべきものが住みついていて、それと交感しながら、彼は詩を書くのだそうです。ぼくはある時、河上君と次のような対話をしました。

「アルゴスは普通、唯物的な世界観を持っているようですが、河上君はこれについてどう思いますか」

「ええ、ぼくも基本的にはそのような世界観に賛成です。ですが、ぼくは詩人です。だから、『永遠なるもの』と関わりを持たざるを得ません。また『永遠なるもの』は、何らかの法則性だけであるという、抽象的不毛性にも、詩人としてぼくは満足できません。ぼくの詩人としての存在と、霊魂の存在とが照応しているのです」

「そうすると、あなたの言う霊魂は文学的虚構とは少し違うのですね」

「嘘と言えば嘘かもしれませんが、いわば、命を懸けた嘘なんですよ。あなたはどう思いますか、命を懸けて嘘をつき続ければ、それは真実になると思いますか」

河上君は笑って言いましたが、実はこのことで深刻に悩んでいたのかもしれません。

「嘘は嘘だと考える人は、それはそれで正しいでしょう。しかし、正しいことが大したことでしょうか。ぼくは、命を懸けて嘘を守った人の方を尊敬するかもしれませんよ」

「ところが、命を懸けて『正しさ』を守ろうという人もいますからね」

やはり河上君は冗談のように笑っていました。

「そういう人と刺し違えても、きっと、人々の記憶に残るのは、河上君、あなたの方ですよ」

「そうでしょうか…ぼくはまたこの頃、旅に出たくてたまらないんですよ」

それから、山田聡という音楽家、木村勝という画家などがアトリエの常連でした。山田君と木村君とは、端から見ていても、一子さんに夢中になっているのがありありとわかりました。この二人の恋のさや当てを傍観しているのは、気楽なぼくと吉川君にはなかなか楽しいことでした。詩人の河上君は、無関心ではないが、それほど熱中してもいないという微妙な立場を守っていました。一子さんはこの三人の誰になびくというのでもなく、良く言えば誰も傷つけたくないように、悪く言えば手玉に取っているように見えました。

（二十三）

「最近、河上さんはいらっしゃらないのね」

ぼくの絵に筆を加えてくれながら、一子さんがぽつりとつぶやきました。

「彼は旅に出たんですよ。旅は、彼の仕事の一部分ですからね」

「あら！いつお帰りになるか、ご存じですか」

「さあ、この前、旅先から絵葉書をくれましたが、何も書いてありませんでした」

「河上さんは、長い時は一年以上も帰ってこないことがあるんですよ。困ったわ」

「何が困るんですか」

「結婚式に来てもらいたいのよ」

「誰のですか」

「私のです」

ぼくは一瞬、呆然としてしまいました。やっと、次の言葉を口から押し出しました。

「それは、おめでとうございます。どなたと？」

「あなたもよくご存知の山田さんです」

そういえば、近頃画家の木村君は姿を見せなくなっていました。

吉川君が、無遠慮にもこんなことを言い出しました。

「山田さんですか！ぼくはまた、一子さんは、木村さんの方が好きなのかと思っていました。

よく、美術談義をしていたし」

一子さんは気にする様子もなく、ほほえみながら、謎めいた言葉をつぶやきました。

「木村さんのことは、私はわかりすぎるんです」

そして、急にとてもさびしそうな顔になって、独り言のようにささやいたのです。

「河上さんのことは、私はわからなすぎたの」

ぼくはこの様子を見て、とんでもない考えがひらめきました。一子さんが本当に愛していたのは河上君なのではないか。

一子さんはまた笑顔に戻ると、冗談めかして、吉川君の方を向いて言いました。

「河上さんは今は『霊魂』に夢中だから、邪魔しないのがいいわね」

吉川君は、あれだけは理解できないというように、肩をすくめて見せました。本当に吉川君は気楽な男でした！ぼくの方はもはや気楽ではいられず、なんとかこのことを、河上君に伝えなければいけない、と考えていました。

一子さんの加えてくれた赤い絵の具が、妙に生き生きと、画面に踊っていました。

(二十四)

ぼくはこの前河上君がくれた絵葉書を取り出すと、差し出された場所を確認しました。

「ぼくはここが気に入りました。しばらくこの土地の霊魂と、戯れたいと思います」と書いてありましたから、彼はまだここにいるかもしれません。そうであることを祈りつつ、ぼくは河上君に手紙を書きました。

「河上君。出来るだけ急いで帰ってきたまえ。前置きは抜きにするよ。一子さんと、山田君が結婚することになったそうだ。永遠なる霊魂は、逃げやしないのだから、今でなくてもいいはずだ。君が今、しなければならないことを、したまえ」

ぼくは河上君から返事が来るのを、じれったい思いで、待っていました。ところが、ようやく来た手紙は、ぼくを打ちのめしました。

「Hさん。知らせてくれて、どうもありがとう。あなたの優しい心遣いに、ぼくはとても感謝しています。実は、ぼくはもう、旅立つ前に気づいていたのかもしれません。だからぼくは、逃げたのかもしれません。ぼくは意気地なしです。そんな男が、何を言うか、と笑ってください。ぼくは、一子さんだけを永遠に愛するでしょう。他者の妻になってしまっても、永遠に。ぼくは、この『嘘』を、命を懸けてつくでしょう。いつかあなたと話しましたよね。命を懸けて嘘をつき続ければ、それは真実となるのか、と。結論が出たようです。きっと、ぼくの『嘘』は真実となるのです。

一子さんにお伝えください。ぼくは、あなたの幸福な結婚を、心から喜び、祝福している、と。ぼくはまだ旅を続けます」

彼は、自殺するかもしれません。ぼくは、村沢所長に特別に許可をもらって、河上君のもとへ旅立つことにしました。

しかし、遅かったのです。ぼくが到着した時には、彼はもう、どこかに去ってしまっていました。ぼくは、行き先について、何か聞いている人はいないか、さがして歩きましたが、だめでした。

「ああ、彼と親しい『霊魂』たちが口をきいてくれたらなあ」

ぼくは、見知らぬ土地に吹く風に向かって、何か言ってくれ、と叫びたいような気持ちでした。虚空に吹きすさぶ、風に。

その後、河上君の行方は杳として知れませんでした。彼は、作曲家のシューベルトが歌曲にしたような、永遠のさすらい人になってしまったのでしょうか。

一子さんはそれからはさびしそうな顔を見せず、幸せに輝きながら、山田君と結婚したのでした。恋に破れた画家の木村君も、男らしく振舞い、二人を祝福していました。彼は、記念に夫婦の肖像画を描くことを約束したのです。

（二十五）

一子さんは親切にも、引き続き桑原家のアトリエであなたを指導しましょう、と言ってくれました。しかし、ぼくは表向き、新婚の家庭に遠慮しました。本当は、河上君のことを思うと、どことなく気が引けたのでした。

ぼくは、絵を描く気にもなれず、吉川君はちょうど試験期間中で忙しく、ひとりぼっちで、退屈していました。河上君の詩集を何冊か読んでみましたが、どうひいき目に見ても、残念ながら二流の作品が多いようでした。

　ある雨の夜のことです。ぼくは一人、部屋で河上君の一番新しい詩集を読んでいました。これは今まででも最も出来が悪いようでした。ぼくは知らず知らずのうちに、うつらうつら始めてしまったのかもしれません。突然、誰かが耳元で話かけてきたような気がして、驚いて安楽椅子から立ち上がりました。

「だめだよ、Hさん、ぼくはこちらに来てから、すごく上達したんだから、もうそんな出来の悪い詩集は読まないでくださいよ」

　ぼくは、自分が寝ぼけているんだ、と思いました。ぼくの目の前に、いつの間にか、河上君が立っていたからです。ぼくはそっと、自分の腕をつねってみました。確かに痛みがありました。夢ではないようです。

「Hさん、なんでそんな顔をしているんですか。ぼくは、こうなって、喜んでいるんです。ぼくは、とうとう自分で『霊魂』になることができたんです！あなたに会いたいと思うだけで、どれほど離れた所からであろうと、こうしてやって来ることができるし、なにより、ぼくの詩はとても上達したんですよ。素晴らしいことだ！」

　河上君は、今は自身「霊魂」となって、世界中を旅しているそうなのです。各地の霊魂たちとの交感も生前とは比べものにならないくらい良くできるようになり、詩の技術も格段に進歩したそうです。詩人として、迷いがなくなったことがなによりも良かったそうです。ぼくは非常に戸惑いながら、この陽気な幽霊に質問しました。

「でも、つまり、君はもう、生きていないということは、いつ死んだの？」

「これは、ご心配をかけました。安心してください。自殺なんかしていませんよ。事故死です。溺れそうな子供を助けて、自分は川に流されてしまったんです。遠い遠い町でのことです。ぼくは身元を示すものを何も持っていなかったので、そのまま身元不明の『勇気ある人』として手厚く葬ってもらいましたよ。まあ、いつ自殺したくなるかわかったものではなかったから、かえって幸運でした。それで、いつも信じていた『霊魂』の存在証明も出来たし、ぼくは本当に満足しているんです」

実際、彼は、生前よりもはるかに「生き生き」していました。

「でも、一子さんには、このことは秘密にしておいてください。ぼくはまだ、気ままな旅を続けているということにしておいてくださいね。あっ、そう言っておけば、嘘にはなりませんからね。これからも、ときどきここへ来ても、いいでしょうか」

「もちろんだよ。そうだ、詩がたくさん出来たら、持ってきたまえ。ぼくが代わりに出版してあげるから」

「ああ、あなたは良い友達です！」

ぼくは天狗やキツネ、アマノジャクやザシキワラシ、アルゴスとも付き合ってきたのです。幽霊の友達くらい、当然のことです。でも、残念なことに、この約束を果たすことはできなかったのでした。

（二十六）

「あなたは最近、朗読の趣味を始めたのですか」

村沢所長が、ぼくの部屋に来て言いました。

「朗読ですか？いいえ」

「では、あなたの部屋で、ときどき大声が聞こえるのは、独り言なんですか」

村沢所長は硬い表情に見えました。ぼくが、幽霊の河上君と話していたのを聞かれてしまったようです。さて、なんと説明したら納得してもらえるでしょうか。ぼくが考えていると、所長は難しい顔をして言いました。

「あなたは、異種族であるわれわれアルゴスの間で長く暮らしたため、少し精神的に疲労してしまったようですね。どうです、そんなに深刻に考えることなく、病院で休養してごらんになりませんか。われわれの医療技術は大変進歩しているんですよ」

真面目な所長に勧められると、ぼくも断りにくかったのでした。こうしてぼくは、「休養」するために入院したのでしたが、そこは精神病院だったのです。どうやら、天狗村やキツネ村、アマノジャク村、ザシキワラシ村での経験を話した時から、ぼくの精神状態を所長は疑っていたようなのです。ぼくはここで精神安定剤をもらって、ベッドで安静にしていなければいけないことになりました。

一週間ほど過ぎて、試験の終わった吉川君と、一子さん、山田君夫妻が一緒にお見舞いに来てくれました。ぼくはアルゴス用の精神安定剤のためにいつもぼんやりしていましたから、本当に病気のように見えたみたいです。正直な吉川君が非常に心配そうな表情をすると、一子さんが明るく振る舞ってそうした印象を打ち消そうとしてくれるのでした。

「そうだ、一子さん、河上君から便りがあって、今もきままな旅を続けているそうですよ。彼は本当に陽気で、楽しそうでした」

　ぼくがこう言った時、一子さんの顔色が変わりました。

「それは、いつのことでした？」

　一子さんは訊いてはいけないことを訊くような、変な態度でした。

「つい、最近です」

　実はこの時、河上君がもう、半年も前に亡くなっていたことをみんな知っていたのでした。ぼくが入院した直後、ようやく身元をつきとめた親切な方々が、河上君の遺品を故郷に届けてくれたのでした。

　こうしてぼくの精神病は、決定的な診断になってしまったのです。熱心に治療してくれたアルゴスたちの親切には、感謝すべきなのでしょうが、ぼくにとっては有難迷惑といったところでしょう。

（二十七）

入院して一月も経過すると、ぼくはとても憂鬱になってきました。本当に病気になってしまいそうで、たまらなく不安だったのです。不眠に悩まされるようになりましたが、ぼくはそれを秘密にしました。睡眠薬をもらって眠ることが、なんだか怖いように感じられたからです。

そんなある日、ぼくは、やはり眠れないまま、真夜中過ぎまで考え事をしていました。考え事といっても、同じことを繰り返し繰り返し思っているだけです。その日は、どうしたら自分は全然異常ではないことをアルゴスたちにわかってもらえるのか、考えていました。ぼくは自身が体験したことを正直に話しただけなのですから、正直が悪かったのでしょうか。ぼくはいつか、河上君に「正しいことが大したことでしょうか」と言いましたが、「正しさ」からこんなしっぺ返しを食らうとは。

突然、誰かの気配を感じました。真夜中の、静まりかえった病院ですから、看護婦さんが見回りに来たのかもしれないと、ぼくは眠っている振りをしました。ところが、誰かの手が、ぼくの肩をたたくのです。面倒なので、眠った振りを続けていると、

「Hさん、タヌキ寝入りはよしてくださいよ」

確かに河上君の声です。ぼくは喜んで、飛び起きました。が、話す声は用心して、低く低く抑えていました。

「河上君！・待っていたよ、なぜもっと早く来てくれなかったの」

今では、ぼくのことをわかってくれるのは河上君だけのような気がしていたのです。

「なぜ、Hさんがこんな所にいるのですか?今日は、書きためた詩を持ってきたんですけど」

「すまない、こんな状態だから、ぼくは身動きがとれないんだ」

「このままでは、本当に病気にされてしまいますよ。逃げ出しませんか?」

「出来るものなら、今すぐにでも逃げ出したいよ」

「本当に、あなたを病気扱いするなんて、ぼくはアルゴス的存在を恥ずかしく思いますよ。あなたは、アルゴスの世界にいるべき人ではないのかもしれません。どうです。人間の世界に帰りますか?」

この言葉を聞いた時、ぼくはあまりにうれしくて、ベッドの上で飛び上りました。

「帰りたい!何と言っても、人間の世界はぼくの故郷だもの」

「ぼくもこうして『霊魂』になってから、よく人間の世界まで行ってみることがあるのです。アルゴスの大地はとても固いのですが、全く意外な所に、人間の世界への抜け穴が、ぽつりとあいているのが、こうなってからぼくには見えるようになったんですよ。ちょうど、病院の庭にも一つあいていました。そこからお帰りになるといいでしょう」

（二十八）

ぼくは、今まで親切にしてくれたアルゴスたちへのお礼を置手紙にしました。吉川君や村沢所長、一子さん、真一さん、山田君らに挨拶もしないで行ってしまうのは残念でしたが、短いながら心を込めて、ぼくは手紙を書きました。それから、ぼくは河上君に急かされながら（もううっすらと夜が明けはじめていたのです）、病院を抜け出したのです。河上君は、病院の裏庭の、大きな木の根元を指差して、

「ここに、抜け穴があります。ぼくは霊魂ですから簡単に抜けられますが、あなたは生身ですから、相当高い所から飛び降りないとだめでしょうね」

ぼくは河上君の手を取って、別れの挨拶をしました。目頭が熱くなってくるのを感じて、何を言っていいのかわからず、思わず、「いつまでも元気」などと口走ってしまい、河上君に笑われてしまいました。

「Hさん、ぼくは霊魂なんですよ。『元気で』はないでしょう！」

これには、ぼくも笑ってしまいました。笑いながらの別れ、それもいいものだと思いました。

それからぼくは、キツネ村や、ザシキワラシの村でもしたように、十分の高さまで木に登ると、河上君の指差している抜け道に向かって、用心しながら、飛び降りたのです。

こうして、ぼくは故郷に帰ってきました。でも、飛び降りた所が、精神病院の庭だったのが、いけなかったのかもしれません。再び気がついた時、ぼくは現在いるここ、M市のT精神病院に入院していたのです。こんなことになるのだったら、河上君と一緒にしばらく気ままな旅をして、どこか他の抜け穴に飛び降りれば良かった。何度、そう後悔したかわかりません。

でも、ときどき河上君がここに来てくれるのです。そして、アルゴスの町のことをいろいろ話してくれます。一子さんには、かわいい男の子の赤ちゃんが生まれたそうです。名前を「伸明」にすると一子さんは言い張ったそうですが、夫君は「明伸」の方がいいと言って譲らないそうです。吉川君は、理化学生命研究所に就職したということです。もう気楽ではいられませんね。村沢所長は、神経衰弱になってしまい、ぼくのいた精神病院に、入院したり退院したりの繰り返しだそうです。所長は、真面目すぎるのです。

そうそう、河上君は、とんでもない悩みを抱えていたのです。素晴らしく魅力的な女性の霊魂と、恋におちそうだというのです。河上君は、永遠に一子さんだけを愛すると誓ったから、絶対にその誓いを破りたくないと、ぼくの前で力んで見せました。ぼくは言ってやりました。

「君は、『命を懸けて自分の嘘を守る』と言ったんだぜ。ところが、もう君は幽霊じゃないか」

ぼくたち二人は、気持ちよく笑いました。そしてこれが、適切なアドバイスとなって、河上君は今、熱烈な恋愛の最中です。幽霊の恋はそれはそれは熱烈だそうで、ちょっとうらやましいではありませんか。詩人というのは、恋をしなくてはいられないものなのですから、どうか皆さんも大目に見てあげてください。

これがぼくの体験した「日本」です。

前にも言いましたが、まだまだたくさんの村や町が、「日本」には存在しているのです。

ぼくもいずれ河上君のような「霊魂」になるでしょうから、そうしたら、彼と二人できままな旅に出るつもりです。まだ、ずいぶん先でしょうが、気長に待つ事にしますよ。

　こんな話をしたからといって、ぼくが日本を嫌いだとか、軽く見ているとか思わないで頂きたいものです。ぼくは日本を愛しているのです。本当ですとも。日本がこの二十一世紀において、世界の文化に対して、古代ギリシアが西洋にしたような貢献をすることを、夢見てさえいるのですよ。あなたがたは、笑っているのですか。

　いいですよ。ぼくは、いつでも笑われてきたんですから。

　それでは、これから、「日本」の位置を、地図に描いてあげましょう。…

幽霊

朝から、雪が降っていた。私はテレビのオリンピック中継に未練を残しながら、席を立った。駅まで人を迎えに行かなければならなかったから。

私は車のハンドルを握り、ゆっくりと動き出した。普段のアスファルトの道とは全然違う感覚。誇張して言えば、空を飛んでいるような感覚だ。今しも、冬のオリンピックをやっている。私はスキーもスケートもしたことはないが、滑って行く時はきっとこんな感覚なんだろうなと想像する。

空を飛ぶ夢は見たことはない。

小説を書きはじめると、私は夜、奇妙な夢に悩まされる。眠りが中断することもしばしばある。私は私の小説と「一緒に寝ている」のかもしれない。

私の車は雪の道をゆるゆると進んでいった。

雪は空から、かなり大きなかたまりとなって、ぼたぼたと落ちてくる。

昔、受験生だった頃、私はこんな雪を「堕天使」に喩えた詩を書いたことがあった。

こんな日に、ヒッチハイクの高校生だろうか。傘もささずに、黒い制服を全身雪まみれにして、道端で片手を挙げている。周りは田畑ばかりのいなか道である。私はエンジン・ブレーキでスピードを落として、慎重に停車した。

「どうしましたか？」

「駅の近くまで行きませんか？」

「乗りなさい」

高校生は両手で体の雪を払いながら、助手席に乗り込んできた。

「こんな日は電車も動かないでしょう」

話しかけてみたが、彼はその若々しい瞳にある表情を浮かべながらただ黙っていた。

私にはよく読み取ることのできない表情を浮かべながら。それが彼の「若さ」であるような気がして、私は私の「堕天使」の詩を思い出した。


「冬枯れの枝に、僕のあの日が凍りついていた。

僕の血が青かったあの日が。

堕天使が舞い踊った朝に」


私は、「若さ」へのかすかな嫉妬を感じた。その醜い思いを紛らすために、私はお気に入りのリフレインを思い浮かべた。

「愛はいつも愛の木に咲き
朝はいつも千年前の朝と同じ」

リフレインは心にこだまして、私の思いは静まっていった。

市街地に入ると、渋滞していた。停車中の手持無沙汰に、私は彼に話かけた。

「ちょうど、友人を駅まで迎えに行くんです。こんな雪になってしまったが」

「友達に会うのですか」

「そう、君は」

「僕は遠くに行くのです」

変なことを言う子だな、と軽く思った。最近の高校生は「プチ家出」などと言って、一週間ぐらい帰らないことがよくあると聞いた。まさか、この子も。

私はわざと笑いながら、言った。

「まさかプチ家出か」

彼は軽蔑するように見た。「嫌だな、おじさん」、目がそう言っていた。

私はまた、自分の年齢を考えた。四十六歳。

去年の十二月、私は肺炎にかかった。四十度の熱に苦しみながら、私は手帳に小説を書きつけていた。ただでさえ丈夫でない体だ。私の母などは「死ぬよ」と脅かしていたが、これも年のせいか、私はのんきに空想的な小説を書いていた。

その肺炎の後遺症のせいか、この半月ほどで、急に頭髪が薄くなってしまった。それでも私は、あの時、空想的な小説を書きあげたことの方を喜んでいた。嫌だな、おじさん。

その小説の中には水車のある変わったアンティーク・ショップが出てくる。それは、私が実際に夢に見たものだった。窓から見えるアンティークは、この世ならぬもののようにキラキラと光っていた。もちろん、私はこれに類似するものなど見たこともない。

なぜ、こんなものを夢に見るのか。私は幽霊など見たことはない。しかし、水車のある変わったアンティーク・ショップは見たことがあるというわけだ。

私は駅の裏の駐車場に車を停めた。

高校生は「ありがとうございました」と言って、逃げるように駅の方に行こうとした。まるで鳥の飛び立つように。が、足が雪に滑って、見事に彼は背中からひっくり返った。

「ほら、危ない」

「痛っ」

彼は短く叫んだ。私は屈みこんで、彼の肩に触れながら、

「大丈夫か、頭を打たなかったか」

倒れたまま、彼は握りこぶしで積もった雪を何度もたたきながら、

「畜生、畜生、なんてざまだ」

見ると、涙まで流して悔しがっている。私は彼の爆発した感情の激しさに当惑した。何か、訳があるのだろう。私は幽霊など見たことはない。しかし、ささいなことで感情を爆発させる高校生を見たということだ。

私は彼を落ち着かせるために言った。

「近くの喫茶店で、私は友達と待ち合わせをしている。もし急いでいるのでなかったら、君も一緒においで。温かいコーヒーをおごってあげる」

彼は一瞬、はにかむような表情をした。その表情は、道端に咲いた草花のような「若さ」そのものだった。私は自然にほほえんだ。

雪は相変わらず、薄暗い空からぼたぼたと落ちてくる。冷たかった。

私と彼は連れだって、近くの喫茶店に入った。

彼の名前は柳井慎治。高校二年生。将来の進路のことで悩んでいた。彼は言った。

「僕は、都会で暮らしてみたいのです。東京にある大学に行きたい。でも、親は、経済的な理由で地元の国立大学しか受けてはいけないと言うのです。ああ、なんてことだ。

僕は自分で働きながら、大学に行くと言いました。親はわざわざそんな無駄な苦労をすることはないと言いました。なんにもわかっちゃいない。こんないなかでは、僕は十分に生きることはできないということを、なんにもわかっちゃいないんだ。僕は生きたいんだ。

十分に、百パーセント、生きてみたいんだ。それには都会に出るしかない」

柳井君。春に、一番に若芽が萌え出る柳の木。私は廣瀬川のほとりの柳並木を思い浮かべていた。彼にとっては深刻な悩みなのだろう。私だって、かって、受験生だった頃、将来の影におののきながら、孤独に耐えたことがある。遠い昔のこと。しかし、今では、私には、彼の悩みは、甘い果実のようなものに感じられる。

彼は十分に生きてみたいと言った。なぜ、人は十分に生きていないなどと思うのだろう。きっと、それには理由なんてない。それは時代の病なのかもしれない。私は以前、このような、ほとんど強迫観念にも似たものを「ファウスト・コンプレックス」と呼んでみたことがある。ゲーテの描いたファウストは、あらゆる知識に絶望して、人生を十分に生きるために、悪魔に魂を売り渡したのだった。

人生を十分に生きるとは、何か。人の話を聞いて、その通りに生きることではもちろんあるまい。そうだとすると、この「十分に生きる」とは、なかなか難しいことになる。人生を十分に生きたいという渇望自体が、何か病的なものにさえ思われてくる。もしかすると、現代人は、何かに魂を売り渡してしまって、そのために、「生」に対する無限の渇きに苦しまなければならないのかもしれない。

魂とは、何か。それは、自分が自分であることの、実態的な根拠である。

私は、私の「少年の魂」と、十二歳の春に出会った。それは、夜明けであり、風であり、青い光であった。その出会いは突然であり、少年の私はわけがわからず、ただそのまぶしさに酔いしれた。私は恋に酔ったようだった。そして、自分自身の魂との対面を祝った。それはひとつの祝祭だった。私は私の「詩」と出会って、その喜びは今も心の中に生きつづけている。それが、私自身だった。

私は幽霊など見たことはない。しかし、私自身の「少年の魂」には、出会っているということだ。

柳井君は、「東京に行きたい」と繰り返した。いなかの高校生が、都会に恋しているのだ。今日も学校をさぼって、電車に乗って東京に行くつもりだと言った。

私はいかにも「おじさん的な」な説教をした。

「学校をさぼるのは良くない」

「でも、僕はどうしたらいいんでしょう。何も考えられなくなってしまう」

「そう、若者は考えちゃいけない。下手の考え、休むに似たり。でも、むやみに走り出すのも、やめた方がいいな。まず、じっと、待つことだ」

「嫌だな、いつまで待つんですか」

「私たちが、『待つ』という文化を失いそうなのは、悲しいことだ」

彼はまた、「嫌だな、おじさん」という目をした。そして冷めかけたコーヒーをぐっと飲み干した。窓ガラスの向こうには、しきりに「堕天使たち」が舞っていた。堕天使たち。楽園喪失。生きることが、それ自身で楽しければ、そこが楽園である。遠い子供の昔、私たちは誰でもそういう楽園に住んでいたのかもしれない。記憶に残っていない昔に。が、やがて私たちはその楽園から追放されてしまう。ぼた雪が舞うように、私たちはこの世界を放浪する。風の吹くままに。

私は時計を見た。やはり、電車が遅れているらしい。友人はまだ来ない。

「チーズ・ケーキを食べないか」

「いいんですか」

「たのんであげよう。やっぱり電車が雪で遅れているみたいだ。私の友達はまだ来ない」

私の友達。滝口整という。大学の同級生だ。私と彼は教育学部の数学科で学んだ。Ｍ教授の研究室で、幾何学の「自主ゼミ」を二人で行ったのは、いい思い出だった。その頃、失恋をした私は、食事ものどを通らなかったのに、この幾何学の自主ゼミは休まなかった。

滝口は今は、Ｎ市の高校の先生をしている。卒業して二十年以上もたった今、音信も途絶えていたのに、先日、突然電話があった。

「なんだか、嫌になっちゃってね」

滝口は暗い声で言った。

話を聞くと、世間ではよく聞くことのある「娑婆苦」が、彼にも襲いかかっていた。子供の病気。妻との離婚。終わりのない労働。大学院出の新人数学教師と、滝口は、事あるごとに鋭く対立していた。滝口はその新人に自分が見下されていることを意識し、感情的なもつれがほとんど修復不能になってしまっていた。職場の上司は、常に「有望株」である新人の肩を持つのだった。そしてある朝、滝口は異様な疲労感とともに目覚めて、起き上がることができなかった。うつ病と診断され、今は学校を休職中だった。

そんな苦しい時に、なぜ彼は私のことなどを思い出したのだろう。彼は言った。

「昨日、本棚の奥から、大学時代に自主ゼミで使った幾何学の教科書を取り出してみたんだ。ページのへりは茶色くなっていた。それをパラパラと見ながら、なぜか、おれは泣いてしまったよ。あなたに会いたくなってしまった」

その友達は、まだ来ない。

柳井君は無心にチーズ・ケーキを食べている。さて、彼に何を言ったらいいのか。今からでもいいから、学校へ行けと言うべきか。おそらく、聞かないだろう。

「僕、男のくせに、甘いものが好きなんです」

「別にいいじゃないか」

「あなたは食べないんですか」

「ああ、君が食べるのを見ていたら、なんだか食べたくなった」

誰かが何かを食べているのを見て、自分もそれを食べたくなる。これが「共感」というものの、最も原始的な形なのかもしれない。そうだ、人間には、共感するという能力がある。私たちはそれを何度でも確認しなければならない。なぜならば、知性というものが私たちにこう教えるからだ。「私が知ることができるのは、私が感じていることだけであり、他者とは私にとって、永遠に不可知な存在である」と。

しかし、私たちには共感するという能力がある。

知性が幅をきかせ過ぎている現代では、人々の共感する力が減退しているように思われる。こんな時代に、誰かが、いくら「本を読め」と言ったところで、効果はあまり期待できないだろう。なぜならば、小説とは、「共感の芸術」だと、私は思うからだ。

私は幽霊など見たことはない。しかし、美人のアンナ・カレーニナや、詐欺師のチチコフや、イワン・カラマーゾフの前に現れた悪魔には、確かに会ったことがある。

私は、フォークでチーズ・ケーキの小さなかたまりを口に運んだ。レモンの香りと酸味がきかせてある。うまい。この感覚が、柳井君の感じたものと同じなのかどうか、私はそれを永遠に知ることはできないだろう。

現代社会は、知性という孤独の檻の中に閉じ込められているのかもしれない。

この喫茶店に流れている音楽は、専らクラシックである。今店内ではマーラーの交響曲第十番のアダージョが流れている。およそ、似ているもののない音楽。これを何と呼べばよいものか。

マーラーが死の直前まで作曲していた、あやしくて生々しい音楽。

私は幽霊など見たことはない。しかし、マーラーのこのアダージョを聞いたことがある。

柳井君は、大分、私に打ち解けてきたらしい。意外に人懐っこい笑顔で聞いてきた。

「ホンダさんは、奥さんはいるのですか」

「いや」

「じゃあ、恋人は」

「私の恋人は遠いところに住んでいてね」

「遠距離恋愛だ」

「私はまだ彼女に会ったこともない」

「からかわないでくださいよ」

「君は想像力が乏しいな。そういうことがあり得ないとも限らない」

「ええと、わかった、ペンフレンドだ。でも、そんなの恋人じゃないでしょう」

「ペンフレンドでもないんだな。わが魂の恋人は。君は、ペンフレンドは恋人じゃないと言うが、では、どんなのが、恋人なんだ」

「少なくとも、会ったことのないのは違います」

「ハハハ、君もごまかし方を覚えたな。ところで君は、幽霊を見たことがあるか」

「ありませんよ」

「私もない。でも、私は確かに、わが魂の恋人は見たことがある」

「心の中で見たんですか。だって、会ったこともないのに」

「そういうことにしておこう。君は本は読む方か」

「ええ、僕の愛読書は、太宰治の『人間失格』です。なんだか、自分のことが書いてあるような気がするのです」

ああ、確かに小説は「共感の芸術」である。

「ああ、君もやっぱり、『人間失格』を真面目に読んじゃったんだ」

「えっ、それはどういう意味ですか」

「あれはね、君、太宰の『自嘲小説』なんだよ。『自嘲』って、知っているかい。自分で自分を軽蔑してあざ笑うこと。そう辞書に書いてある。だから、あそこに書いてある『苦悩』をそう文字通りに受け取るべきではないと、私は思う。もちろん、自分で自分をあざ笑っている太宰の魂は血を流している。私たちはその流血に驚いてしまう。三島由紀夫の切腹に驚いたようにね。この二人は、正反対なようでいて、実は同じなんだな」

柳井君はきょとんとした顔をして、仕方なさそうに言った。

「いろいろ考えてますね」

「さっきわたしは、若者は考えちゃいけないと言ったけど、それは若者が『考える』ということについて誤解しているからだ。若者は、何かを探すように心を動かすのが考えることだと思っている。ところが、違う種類の思考が存在していて、それは大海原を泳ぎまわることに似ている。その思考は、蜜のように甘い。いや、それどころじゃない。パスカルは、歯が痛い時に、それを忘れるために数学の問題を考えたという。思考とは、そんな気違いじみているほどの快楽なんだ。歯が痛い時には誰も、女の子と楽しむことなんかできないだろう。もちろん、わたしのような凡人は、そんな境地にはないけれど」

「僕は数学よりも、女の子の方が好きです」

「ハハハ、無理もない。でも、気を付けろ。思考の蜜の味を知ってしまったら」

「知りたいような、知りたくないような」

「私が考えるのではなくて、思考が私に取りつくのかもしれない」

「取りつくなんて、ちょっと怖いです」

私は幽霊など見たことはない。しかし、「考えた」ことはある。


「柳井君、君はこれからどうする。学校に行くか」

「さあ、どうしましょうか」

柳井君はそう言って笑った。私も思わず笑った。

この時、私の上着のポケットの中で、携帯電話が鳴った。

「失敬、ちょっと電話していいかな」

「どうぞ」

滝口からの電話だった。やはり、雪で電車が遅れていると言う。私は気長に待っていると言った。しかし、滝口は弱弱しい声で、会うのは別の日にしようと言い出した。そして、日時まで指定してきた。私は別にそれに異存はないようなものであったが、何か心に引っかかった。後日彼に会うにしても、なんだかつまらないことになってしまいそうだった。

そこで、私はばかげた意地を張って、「雪なんかに負けるな。待っている」と言った。

滝口は少しの間沈黙して、低い声で笑った。そして、電話を切った。

さて、彼は来るのか、来ないのか。

私は待つ事にした。意地になって、こちらから電話もしないことにした。

私は幽霊など見たことはない。しかし、友の意味不明の笑い声に戸惑ったことはある。

マーラーのアダージョはもう終わって、今度はメンデルスゾーンの無言歌が何曲か続けてかかっていた。「春の歌」「ベネチアの舟歌」「狩りの歌」…。

メンデルスゾーンの音楽を、「金持ちの甘ったるい音楽」と嫌う人もいるようだが、私は好きである。その柔らかい黄金色の輝きが、たとえ幻であっても、私はそれに喜んでだまされようと思う。子供の頃、私の家は裕福ではなかった。隣の子供が持っているおもちゃを自分も欲しいと思ったが、決して親に頼めなかった。しかし、私の中に変なルサンチマンは形成されなかったようである。私は「金持ちメンデルスゾーン」の音楽が嫌いではないのだから。おとなになって、初めて自分で稼いだ給料で、私は本とクラッシックのＣＤを買って、残りは両親にプレゼントした。今でもこの二つがあれば、大体私は満足している。

　メンデルスゾーンは稀に見る「神童」であった。ハンガリー出身の変人数学者のエルデシュは「神童」という言葉に対抗して「神老」という言葉を作った。天才的な老人のことだそうである。そしてエルデシュ自身、誰よりも「神童」であり、「神老」だった。

　エルデシュの伝記はなかなか面白いから、私は今日、滝口に読ませるつもりで、カバンに入れてきた。私は何気なくそれを取り出して、柳井君に見せた。

「これ、面白いよ。読んでみるか」

「いいんですか。本というものは、貸すと帰ってきませんよ」

「君が私の友達なら、ちゃんと返してくれるさ」

　彼は本を手に取って、パラパラと眺めている。今、柳井君の前に未知の世界が開けようとしている。変人の話というのは、いつでも楽しいものである。

　いや、変人の話に限らず、人の生涯の物語は興味深いものだ。いつの時代も、私たちにとって最も興味深いものは、「人の性格」であるのかもしれない。

「へえ、数学者の伝記ですか。ホンダさんはやっぱり理系なんだ」

「そう見えるか」

「ええ」

「以前、高校生に数学を教えていたこともある」

「そうでしょう。そんな感じですね。僕は文系です」

「あまり、文系とか理系とか、こだわらない方がいい」

「なぜですか」

「この世にあるのは、面白いものとつまらないもの。面白ければ、文系も理系もない」

「自由ですね」

「その方が楽しいだろう」

「そりゃそうですが。ねぇ、ホンダさん、僕は小説を書いてみたいんです」

「ほう、どんな」

「そうですね、『僕』が主人公なのは、すぐに書けそうですが、もっと客観的なのがいいな」

「客観的か。君もハラキリ派なんだ」

「なんですって」

「さっき話したね。三島由紀夫は切腹して死んだ。太宰治も、ある意味ハラキリして死んだ。いずれのハラキリも、ある自己否定だった。二人はなかなかのナルシストだったが、最後は自己を否定して死んだ。自己否定が重い『現実』であると感じたからだろう。


彼らは最後に、まるで世の中への挑戦状のように、『現実』をたたきつけたんだ。

『幽霊の正体見たり枯尾花』という句がある。これは、恐ろしい幽霊も、本当はつまらない枯尾花を見間違えたものに過ぎないと解釈される。恐怖の幻が、つまらない現実に転落するということだ。句の解釈はそういうことだけれども、枯尾花が幽霊に見えるという事実は、つまらない現実が、恐怖の幻に昇華するとも言える。

三島由紀夫は『憂国』という切腹小説を自らの最高傑作と『誤解』していた。なぜ『誤解』なのかというと、その小説には『現実』しか書かれていないからだ。三島はこの現実が素晴らしい幻に昇華することを信じた。枯尾花が幽霊に昇華するように。しかし、それは『誤解』に過ぎなかった。ハラキリ派はこうした危険を孕んでいる」

「僕は三島由紀夫はあまり読んだことがないんです」

「三島由紀夫の小説はあまりにも『傑作意識』が旺盛過ぎて、それが今ではうるさく感じられるかもしれないな。別に読むことを勧めたりはしないよ」

「『幽霊の正体見たり枯尾花』か。でも、ホンダさん、そういうステレオタイプの幽霊ばかりじゃなくて、ちゃんと二本の脚があって、背広を着てネクタイを締めている幽霊がいないとは限らないでしょう。例えば、あそこの人みたいな」

柳井君は、隅の席に座っていたサラリーマン風の男を指差した。そしていくぶん声をひそめた。

「あの人は、実は幽霊なのかもしれない」

「君は今それを思いついたのか。それとも前からそんなことを思っていたのか」

「今思いつきました」

「良かった。離人症という精神医学における症状があって、それは『自分や他人や外の世界の現実感が薄れて、自己と切り離されてしまったように感じる』という症状が持続的に続くことを言うらしい」

「えっ、病気なんですか」

「君は大丈夫だろう。精神医学の本を覗くと、小説に書かれている『苦悩』のかなりのものが、『病気』にされてしまうようで、まあ、素人の浅はかさなんだろうが、たまらない気分になることがある。全く、見事に、すべて、きれいに分類されて並べられているんだ。そうした本にはね。うかつに苦しいとも言えない。病気にされてしまうから」

「でも、正常と異常なんて、そう簡単にわけられないじゃないですか。前に、音楽の授業の時にシェーンベルクという人の『十二音音楽』を聞かせてもらったのですが、あれは病気みたいでした。わけがわからない」

「ハハハ、あの音楽はとても論理的にできているらしいんだよ。論理は病気か」

「数学の『必要条件』とか『十分条件』とかも、考えだすと、僕は気が狂いそうになります」

「ああ、あれも考えちゃいけない。感覚的につかむものなんだ」

「そんな…悟ってみろと言わんばかりですね」

「そうだな、悟れということかもしれない。世界にはそういう種類のものもある」

「突き放されちゃったな」

「しょっぱい塩を甘いとは言えないさ」

「そんな風に生徒を教えていたのですか」

「違う、違う。そうだな、集合や、論理のところは、生徒たちはなかなか納得してくれなかったな。私の教え方が悪かったのかな」

「そうに違いありません」

「でもね、感覚的につかまないと、応用がきかないんだ。例えば、こんなことがある。ある人が頭にけがをした。脳が傷ついてしまって、その前と後では、その人の性格が全く変わってしまった。このエピソードを引いて、人間の性格も結局、脳の働きに過ぎないと言った人がいる。君はこれに違和感を感じないか」

「さあ」

「他人の靴を履いてしまった時のような違和感を感じなければいけない。脳の働きが損なわれたことによって、その人の性格が変化した。これからわかるのは、脳の働きがある必要条件であるということだ。必要条件が失われれば、性格が変化する。しかし、だからと言って、人格とは脳の働きであるとは結論できない。それは、脳の働きが必要十分条件であることを主張しているからだ」

「ホンダさん、わかりません」

「世の中にはこうした議論が意外にも多い。例えば、生命現象を分析して、そこには物質以外のものは見つからないから、生命とは物質的なものであると結論する。これも片手落ち。純粋に生命を物質から作り出して見せなければ、こう結論できないはずだ」

「あの、それ、みんな『必要条件』と『十分条件』なんですか」

「そうだよ。深いだろう」

「ええ、深いらしいことはわかります」

「それで十分」

柳井君は黙って、エルデシュの伝記を読みはじめた。私は喫茶店の大きな窓ガラスの向こうの、駅の方を見てみる。滝口の姿を探して。すると、駅の出入口から人々が泉の水のようにわいてきて、歩行者用の信号の前に立ち止まる。動いている列車もあるらしい。雪はまだ降っている。ずいぶんと気前よく、白いものを人々にふりかける。人々はみな小さくなっているようで、寒さに耐えている。もう一時間ほども、私はここに座っている。まだ、どれほど待たなければいけないのか。わからない。私の心は雪のように白くなった。

どれほどそうしていただろうか。さらに三十分か、一時間か。

また、駅の出入口から人々が流れ出てきた。今度はかなり多い。半分ほどは信号をすぐに渡って、雪の降りしきる中、ケヤキ並木の方に歩いていった。渡りきれなかった人々は信号の前で立ち止まる。私はその最前列に、滝口の姿を見たように思った。久しぶりに会うから、確信は持てないが、どうも彼らしい。私は柳井君に言った。

「友達が来たようだ。これで勘定を払いなさい」

柳井君は驚いたように顔を上げて、子供のようにこっくりとうなずいた。

私は立ち上がって、喫茶店の外に出た。

私は傘をささなかった。私の顔がよく見えるように。

道路一本を挟んで、私と彼とは向かい合った。タイヤにチェーンを巻いた路線バスがジャリジャリと音を立てて通り過ぎると、ようやく彼と目を合わせることができた。

確かに彼だ。

信号が青に変わった。

私は歩き出した。人々も一斉に私の方へ来る。しかし、ただ一人、背を向けて、駅の方へ逃げていく者が…。それが滝口だった。

「滝口さん、待ってくれ、どうしたんだ」

私は構わず大きな声で呼んだ。彼は一瞬振り返ったが、何かおびえたような表情を浮かべて、駅の前に停まっていたタクシーに飛び乗ると、そのまま、いずこへと去って行った。

ますます雪は降りしきる。

私は幽霊など見たことはない。

*

それから滝口から何の連絡もなかった。

私の方から電話すると、彼に無用の刺激を与えるような気がした。そこで私は彼に手紙を書くことにした。次のような手紙を。

「前略、

その後、いかがですか、先日は失礼しました。あのような雪の日には、散歩もできないし、交通も乱れ、風邪をひいて帰るぐらいがオチでしょう。あなたの言う通りにすれば良かった。私はばかな意地を張ってしまったのです。許してください。

何年か前まで、私はよく大学時代の夢を見ました。まだ取っていない必修の単位があって、その講義を受けに行くのですが、どうしても教室にたどり着けない。そんな夢です。心配でたまらない。ところが、夢の中の私自身が、こんなことを実際には経験しなかったはずだと心の片隅で思っているのが、なんだかおかしい。夢の中での現実は、いくつもの層を持っているようです。いや、夢の中だけでなく。この現実も、いくつもの層を持っているのかもしれません。この頃、このような夢を見なくなった代わりに、今度は別の不安な夢を見るようになりました。私は生徒を教えるために学校に行こうとするが、やっぱり、どうしてもたどり着けないのです。私は腕時計を見て、ああ、もう一時間目は終わってしまった。授業をすっぽかしてしまったと焦りに焦ります。心のスクリーンには、教師の現れない乱雑な教室の様子がくっきりと映し出されます。そう、まるでテレビでも見ているように写し出されるのです。なんて意地の悪い。

私は、「一つ前の時代」を不安な気持ちで思い出して、夢に見ているのかもしれません。なぜ、その夢が不安で彩られているのか、それは、私の中に、まるで死者を忘れてしまったような後ろめたさがあるからかもしれません。私が授業をすっぽかす夢を見なくなった時に、今度はどんな夢を見るのか。それはまだ、わかりません。今、生きている、私の現実。それはいつ過去になるのか。

私は幽霊など見たことはありません。しかし、自分自身の過去が、まるで幽霊のように現れてくるのを知っています。

過去もまた、心をこめて、弔ってやらなければならないものなのでしょうか。

あの雪の降った日に、あなたの前に、私は過去の幽霊として現れてしまったのでしょうか。いくつもある現実の層の中の、そのたった一つをあなたは見て、そしてあなたは私から逃げたのでしょう。雪は一面真っ白にして、日の光に溶けました。和解の時です。

バートランド・ラッセルは、幸福論（岩波文庫）の中でこんなことを言っています。関心を自分自身にばかり向けるのではなくて、外の世界に関心を持つことが、幸福の源になると。私とは、私にとっての孤独の檻になってしまう、危険をはらんだものなのです。

今度、もし具合が良いのなら、また一緒に数学の本を読みませんか。

シャファレビッチというロシアの数学者の書いた代数学の本が翻訳され、去年、出版されました。高校生でもわかる題材を扱いながらも、とても面白い。

それをこの手紙と一緒に送ります。

数学って、本当に面白い。心がしびれるようなこの感じは、他にはありません。

二十六年前、G大学の教室で、新入生の私たちは、M先生にカントールの集合論を教わりましたね。私はその時初めて本物の数学に出会って、ショックを受けました。その生き生きとした感じは、今でも鮮明です。昨日のようにも感じられますが、懐かしくもある。シャファレビッチの本には、カントールの集合論の話も出ています。

また、会いましょう。

お元気で」

*

滝口からの返事はまだ来ない。私は待つ事にした。

三月のある晴れた日曜日、私は柳井君と駅の前で待ち合わせをした。

私は駅の出入口の近くに立って、青空を見あげる。日の光も、雲の感じも、春らしくなってきた。桜の咲くのはまだまだ先のことだけれども。

彼はまだ、あと何回、桜が見られるかなんて全然思わないだろうな。

ちぇっ。自分がどれほどの贅沢をしているのか、彼は全然わかっていない。

私は彼の「保護者」のように、これから一緒に東京について行こうとしている。

そう思っているのは私の方だけで、柳井君はすっかり、私を対等の友人と見なしてくれている。

エルデシュの伝記はとても面白かったようで、一週間ほどで返してくれた。

彼は私に「自分は文系だ」と言ったが、私はひそかに、彼を「数学マニア」に育ててみようと、目論んでいる。彼はまだ私のたくらみには気がついていない。

今朝、カーテンを開けると、朝日の中にメジロが来ていた。数羽で、庭木の間を飛び回っていた。鮮やかな緑色の羽と、目の周りの白。可憐な命。今日、何か良いことのある予兆のような、小鳥の訪れ。

小鳥の予兆が当たるのかどうか。
私は、私の若い友人を、じっと待っていた。

作品「幽霊」は第十三回「文芸思潮」銀華文学賞佳作を受賞しました。

夏の昼

目が覚めるから、夢だけど、
いつまでも覚めなけりゃ、
夢じゃあるまい。

泉鏡花『春昼後刻』より

RITTEN・2019
バターリャ修道院・壁・レリーフ

夏休みでも、高校生は忙しい。運動部に所属していれば、ほぼ毎日練習があるし、進学希望者にはみっちり補習授業もある。美術部に所属している小森和也も、秋の文化祭に出品する大作を制作するために、毎日美術室に通っていた。美術部の顧問である泉田先生は、普段の授業や部活の時とは違って、夏休み中の気楽さで、和也とよく雑談をした。泉田先生はもう五十歳を越えた独身者で、変わり者だった。和也はなぜか、この「変なおじさん」が好きで、普段の昼休みや放課後も、暇があると美術室に訪ねていった。泉田先生は、鳥が鳥の巣を守るように、いつでもそこにいて、いろいろな話をして和也を煙に巻くのだった。話がわかっても、わからなくても、それは楽しい時間だった。

絵筆を動かしながら、和也はややためらいがちに、

「先生、僕は最近、なぜか、同じ夢ばかりを見るのです」

「同じ夢を？作曲家の武満徹は、エッセイの中で、いくつかの決まった夢しか見ないと書いていた。そういうこともある。気にしなくてもいいんじゃないか」

こうしたパターンの会話は、しばしば、和也と泉田先生との間で交わされていた。和也が若者らしく、ささいな悩み事を口にすると、泉田先生が大人の対応で、そんなことは大したことではないと言ってくれる。いつもはそれで、安心したように、違う話題になるのだが、今日は、違った。

「先生、毎晩、同じ少女が夢に出てくるのです。会ったこともない、見たこともない人です。その人は、親しげな様子で僕を見つめているのですが、僕は、その人に、近づくことも、話しか

けることも出来ないのです。この人と僕とは、一体全体、どんな関係があるのでしょう？」

泉田先生は微笑して、

「作家のボルヘスが、こんな話を書いている。幼い甥っ子が、夢を見た。家の中から、ボルヘスが出てくる夢だ。甥っ子は真剣な顔でこう言った。『ねえ、おじさん、あの家の中で何をしていたの？』」

泉田先生はここで話を切って、和也の反応を見た。ボルヘスの話のユーモアを、和也が感じたのかどうか、確認したのだ。和也の微笑を見ると、先生は続けた。

「夢は夢だ。あまり真剣にとらない方が良い。もちろん、睡眠中に見る夢は人間にとって、もっとも身近な神秘体験であると言える。古代人にとっては、だから、夢は非常に重要だった。現代人は神秘に対する感受性が弱くなってしまったのか、夢を、まるで精神のゴミ箱のようにしてしまった。それは、現代人がリアリストで現実の体験の方を重視するからかもしれないが、リアリストは、悲しいものだ。神秘に対する感受性は、美に対する感受性と密接に関係している。これらは決して同じものではないが、密接に関係している。例えば、科学者でも、自然を神秘的だと言う人ほど、自然を美しいとも言う。現代人は寂しい。現代人は、美に対する感受性も弱くなってしまった。教科書に出ている現代美術の作品を見てごらん、昔は、美術作品とは、美しいものだった。現代では、美以外の意味を見つけ出そうとして、苦しみもがいているのが、美術作品だ。

ちなみに、日本人の感受性はやや特殊で、『美』が『清らかさ』と同一視されることが多い。『清らかさ』は『清潔』と同一視されて、非常に現実的になる。つまり、日本人にとって、『美』とは現実的になりうるのだ。日本人は、雑巾掛けで磨き抜かれたピカピカの板の廊下を『美しい』と感じることがあるのだ。そうすると今度は雑巾掛けが尊く思われてきて、ここに、勤勉の美風が生まれる。もちろん、私もそういう風に感じることもある。日本人だからね。でも、それは一般的な美の概念とは、やや異質であることも知っておくべきだとも思う。そして、この異質さは、あいまいな同一視から生まれていることも、よく承知しておくべきだ。同じに思えていても、決して同じにしてはならないものも、この世界には存在しているのだから。『あいまいな同一視』というヤツは曲者で、すべての迷信はここから生まれてくるのも、また、事実なのだから。

　それはともかく、小森君が夢に見る少女の姿は、心理学で言う『アニマ像』かもしれないな。『アニマ』とは、広辞苑によると、ラテン語で『生命・魂』の意味であり、『男性の心の奥に潜む女性要素』と説明されている。これだけでは良くわからないかもしれないが、これはスイスの心理学者・思想家のユングの用語だ。ユングの学問は心理学と言うより、思想と言った方が良いと、私は思っている。ユングの思想によると、人間の心とは、いつも、世界全体をカバーしようとするもので、たとえ男性であっても、女性的なものを心の奥に抑圧しているという。それが『心の奥に潜む女性要素』であり、『アニマ』である。アニマは、一人の女性像として体験されることが多い。反対に、『女性の心の奥に潜む男性要素』のことを『アニムス』と言う。アニムスは明確な像を結ばないことも多いそうだ。アニマやアニムスは情熱的な恋愛の原因にもなる」

　泉田先生は、和也の描いている油絵を見た。

　それは、海の風景だった。右手に大きな船が浮かんでいて、陸と海とを隔てる柵に寄り添って、後ろ姿の少女が海を見つめていた。少女は白い半袖のセーラー服である。少女の肩までの黒髪は海風に吹かれて揺れている。紺碧の海の上を、すべるように、白いカモメが飛んで行く。時刻は正午に近いのか、少女の影は小さく地に落ちていた。

「それが、夢の少女？」

「そうです、なんだか、顔を描くのが怖くて、後ろ姿にしました」

校舎の端っこにある美術室は、グランドのすぐ隣で、野球部の練習の声がよく聞こえてきた。金属バットでボールをたたく鋭い音。ボールがミットをたたく乾いた音。

「先生、僕には、赤ん坊のうちに死んでしまった双子の妹がいたんです。双子だから、もちろん、年齢は僕と同じです。もしかしたら、その妹が夢に出て来ているのかと思って、どうしても、心が騒ぎます」

「そうだったの。心が騒ぐって、どうして？」

「妹もきっと、生きたかったはずですから。僕だけ、こうして生きていていいのかなって、ときどき、思います。いいに決まっているけど、そう思わずにはいられない」

泉田先生は、心からの同情の表情を浮かべて、

「小森君の参考になるかどうか、わからないが、私の家族の話をしよう。

私の母には、私の父と結婚する前に、交際していた人がいた。その男のことを、ここではＫと呼ぶことにしよう。母の実家は群馬県高崎市の田舎だ。Ｋもその田舎の町の豪農の息子だった。Ｋは母をよく日帰りの旅行に連れて行ってくれた。例えば、長野県の千曲川のほとりを二人で歩

きながら、

『小諸なる古城のほとり』

『雲白く遊子悲しむ』

島崎藤村の詩を、一行ずつ、交互に暗唱した。そして、千曲川の近くのカフェでお茶を飲んだ。千曲川の川音は、美しく二人の会話の伴奏をしたに違いない。

しかし、やがて、Ｋは、他の豪農の家の婿養子におさまって、将来私の母になる人を捨てた。母の実家は、戦後の農地改革によって没落した元地主だった。まだ学齢の弟や妹たちが母の乏しい月給で生活していた。Ｋは、より安楽な人生を選択したのだ。

このＫが、その後どんな老人になったのか、それを話そう。

Ｋはやせた老人となり、ポケットにいつもウイスキーの小瓶をしのばせて、ときどき、それをチクリとやらずにはいられなかった。田舎の寄り合いがあると、必ず、母の弟、私の叔父のところにやって来て、目に涙を浮かべながら、お酌をしたそうだ。どんな悔恨が、この老人の胸を苛んでいたのか、想像に難くない。Ｋはすでにこの世の人ではなくなっている。こんな取り返しのつかない人生の悔恨を知らない人は幸せである。

私も君のように、ときどき思う。母がもしＫと結婚していたら、今、私はこの世に存在していない。つまり、顔も知らない一人の老人の苦い人生の悔恨の上に、私の存在は立っている。別に私には遠慮する理由などないが、不思議な感じはする。

蛇足だが、話ついでに母が一大痛快事と話したエピソードがある。

今は高崎市の一部になっている新町には、自衛隊の営所がある。

母は、結婚することになった父を、そこへ迎えに行った。実家に連れていくためである。自衛隊の制服に身を包んだ父と二人で、母は新町の駅に向かって歩いて行った。すると駅の方から、見覚えのある男が来る。Kだった。もちろん母は挨拶もせずに、ただすれ違うだけだった。世の中には、こんな偶然が、本当にあるのだ。母はよく冗談で、言っていた。『若い頃のお父さんは、俳優の岡田真澄さんのようにハンサムだったから、この時くらい、気持ちよかったことはない』と。

まあ、こんな風に、人生には、いろいろある。小森君はまだ若いのだから、これからだ。夢のことなんか、あまり気にしない方が良い」

*

その日の夕方、泉田先生は学校から出た。小森和也の奇妙な悩み事が引っかかっていたが、和也は、帰る時には、笑顔で挨拶した。まあ、大丈夫だろうと、泉田先生は、帰り道、いつもの定食屋で夕飯を済ませようと考えた。

泉田響樹は生徒の前では、非常に饒舌だったが、普段は内気で無口な男だった。特に女性の前に出ると何も話せなくなり、この性格が今でも独身であることにつながっていることは間違いない。もちろん、何度か恋もしたが、みな失恋した。すべてが、片思いだったわけではないのだが、やはり、内気が災いしたのだろうか。

もう、十年以上も前のこと、一番最後の失恋では、「あの女も、私から去っていった。しかし、私も、年齢を重ねて、ずるくなったのだろうか。そうだ、ずるくなったのだ。私は今、自分自身の心を嫉妬や憎悪で汚さないように、何者かに祈っている。神に?まあ、そんな大げさなものではない」そう、感じていた。

泉田は小さな定食屋に入っていった。

そこは、「お食事処・よしみ」と看板が掲げられていて、一般の住宅の一部を店舗に改築していた。父親が調理し、母親が客に対するサービスを担当していた。コックの父親は丸メガネをかけた小太りの男で、サービス係の母親は、声のよく響く明朗な女性だった。

女子高生の娘が一人いて、学校から帰ってくるといつも、店の中を通って、奥の住宅に入っていった。こんな家庭的な雰囲気が好きで、泉田はしばしばここに来ている。娘の吉海七海はかなり変わった感じの子で、馴染み客の泉田を見ると、「おじさん、おいしい?」などと親しげに話しかけてきた。

中には、二、三人の先客がいた。注文を済ませて、座って待っていると、学校帰りで、セーラー服姿でバトミントンのラケットを下げた吉海七海が入ってきた。いつものように、泉田を見ると、「おじさん、こんばんは」と言った。すると、厨房の中から母親の声が聞こえた。

「ちょうどいい、七海、これ、運んで!」

七海は泉田の注文した定食を運んできた。「やあ、ありがとう」と言う泉田の顔を見ながら、七海は向かいの席に座り込んだ。

「おじさん、高校の先生なんだって？何教えているの？」

「美術だよ。美術部の顧問もしている」

「へえ。だから、なんとなく、話しやすそうな感じがしたのかなあ。なかなか話を聞いてくれる人って、いないもの。わたしの話、聞いてくれる？」

「いいよ」

「こんなこと、言ったら、きっと、びっくりすると思うけど、わたしって堕天使なんだ。最近、わかったの。わたしは、前世で、堕天使だったんだ」

泉田は絶句した。ちょっと変わった感じの子だが、こんなことを言い出すなんて。

「三百五十年くらい前のこと、日本で言うと、江戸時代。私は、西洋の田舎にある古い教会の、壁に描かれたフレスコ画の中の天使だったの。そこがわたしのふるさと。今では、訪れる信者の数も減ってしまって、古い教会は廃墟になりかかっている。かなしいわ。それで、わたしは古い教会の壁に描かれた、古拙で、堅い表情をして、古い楽器を奏でながら、信者たちを見下ろしている天使だった。なつかしい、平穏な日々だった。刺激は少なかったけど、でも、静かな生活って、それはそれで、不思議な魅力のあるものよ。

わたしはずっと、何百年も、こうして過ごすんだって、信じていた。でも、ある日、それが突然変わってしまったの。

ある夏の朝だった。静かに教会の扉を開けて、一人の画家が入ってきた。壁のフレスコ画を模写するために彼は来たの。そして、まるで慈しむように、ゆっくりと絵筆を動かしていた。なかなかすてきな青年だった。天使のわたしもちょっと見とれたぐらいに。

時間がたつにつれて、そう、時間がたったの。でも、この時の時間は、まるで飛んでいる矢のように素早く過ぎていった。あっと言う間だったけど、きっともう、三時間か、四時間は、過ぎていた。ふと、わたしは気づいたの。天使のわたしを見る画家の目が、だんだん情熱に輝いてくるのを。とうとう、彼はため息まじりに、こうつぶやいた。

『ああ、なんて、美しいんだ！君は世界一美しい！』

この瞬間、すべてが変わってしまった。静かな生活は私の中から消え去って、私は人間になることを熱烈に願った。そうしたら、心の中がまるで霧がかかったようになって、何も分からなくなって、次に気がついた時には、わたしは人間になっていた。でも、神様はとても意地悪で、わたしは望みどおり人間になったけど、あの画家とは結ばれるためではなかった。私は現在の両親の元に生まれた赤ちゃんで、吉海七海という名前をもらっていた。先生、世の中って、うまくいかないものよね」

泉田は何と答えたらよいのか、わからず、やっと言った。

「そうだな、その青年画家には気の毒だが、いつか、きっと、君には、良い相手が見つかるよ。もしかしたら、その画家の生まれ変わりとか」

「さすが、先生、いいアドバイス！」

泉田のこの言葉を聞くと吉海七海はにっこり笑って、行ってしまった。

泉田は、あの子は真剣だったのか、それとも、ただ、自分がからかわれただけなのか、訝った。

*

食堂を出て、自分の住みかに向かって歩いていると、ポケットの中の携帯電話が鳴った。

ちょっと珍しい人物からの電話だった。

「泉田、久しぶり。これから、会えないか？」

「いいとも、どこで会う？」

相手は、大学時代の同級生だった。ともに美術を学んだが、泉田は教員となり、彼、鶴田均はインテリアの会社に就職していた。

「泉田もよく覚えているだろうが、今日は井上の命日だ」

「そうか、井上の…」

井上洋一は、やはり二人の同級生だったが、ずば抜けた才能を持っていた。新進画家として、かなり世間からも注目されていたが、あるスキャンダルに巻き込まれて、自殺してしまった。そして、そのスキャンダルとは、電話の向こうの鶴田均にも関係していた。

「どこか、落ち着いて話のできるところがいい。居酒屋なんか、うるさくて、だめだ。君の家がいい。これからお邪魔してもいいか？」

「ちょっと、待て。散らかっているから、これから帰って、片付ける。八時ごろ来てもらえるか？」

「よし、何か、買っていこう。君は、酒は飲まなかったな」

「ああ、飲めないことはないが、あれを飲むと、私はダメになる。酒飲み運転は法律違反だが、そんな法律違反の状態で、人と話すのは、どうかと思う」

「相変わらず、変わっているな。理屈っぽい変人の君も、うまいものは好きだろう。何かうまいものを買って行くよ。われわれの仲間はみんな、感覚派だが、君は言葉の方が好きなんだ。それに君は、人の話を聞くという特技を持っている」

泉田は一人苦笑した。人の話を聞くという特技か。みんなはそんなに、人の話を聞かないものなのだろうか。

*

若い頃借りたアパートから引っ越す機会がないまま、泉田はずっと、そこに住みつづけていた。ただでさえ狭い部屋が、大量の書物によって、さらに狭くなっていた。泉田は部屋に散らばった書物を片付けて、紅茶をいれる準備にお湯を沸かした。

ちょうど八時頃に、鶴田はやって来た。

「ちょっと高級なブランデーケーキを買ってきた。君は酒を飲まないからな。それから、これはおまけだが、たまたま目についたので、思わず買ってしまった。肉屋のメンチとコロッケだ。なんだ、そんなもの、なんて、君は言わないだろうな。こんな、ラードで香ばしく揚げてあるメンチとコロッケには、僕は思い入れがあるのだ。子供の頃の、夕飯のごちそうだったのだから」

「子供の頃のごちそうが、最上のごちそうだよ。まあ、むさくるしいところだが、座ってくれ、今、紅茶をいれる」

鶴田は、テーブルの上に食べ物を開いて、椅子に腰かけた。

「いい香りだな」

「アールグレイという紅茶だ」

澄んだ夕焼け色のお茶をカップに注ぐと、ベルガモットの香りがあたりに漂った。鶴田は、ケーキをかじりながら紅茶を一口飲み、つづけた。

「最近、僕はよく自分の年齢のことを考える。君は？」

「私？まだ、若い気だよ。気だけでも、そうじゃなきゃ、やってられないだろう。私は、若者を相手にしているし」

「なあ、年齢って、どうすれば、『良く』、『うまく』重ねることが出来るのかな？年齢を重ねることが、すなわち、衰えにほかならないなら、虚しいことこの上ない」

「それは、現代の風潮だな。フランスの作家ラディゲは言っている。あらゆる年齢にはそれぞれの果実があると。まず、自分の果実を味わえばいい」

「もし、僕に、井上洋一のような才能があったら、自分の果実を思う存分に味わったことだろう。だが、残念ながら、そうじゃなかった」

「君は、井上の才能がうらやましいのか、それとも、井上が勝ち取っていた評判がうらやましいのか？」

「両方だ。才能があったって、ゴッホみたいに不遇じゃ、かなわない」

「しかし、井上は自殺した」

二人はしばらく黙った。鶴田は目を伏せて、追憶に耽っているようだった。泉田は、この鶴田と井上との間に、何があったのか、詳しいことは知らなかった。知っていたのは、ＫＴ新聞という、ゴシップやスキャンダルの記事を主に載せている娯楽紙に、井上洋一のスキャンダルが出たことだ。新進画家の井上洋一の作品は、実は鶴田均という学生時代の友人の作品を盗作したものだという、にわかには信じがたい話だった。が、ＫＴ新聞は連日、微に入り細をうがって、これについて報道を続けた。井上洋一本人が、一言、これを否定すれば、変なうわさとして、笑い話にしかならないはずだったが、井上は謎のような沈黙を守り、ついには、自殺してしまった。その後、「悲劇の人物」となった鶴田均は、ＫＴ新聞の後援で、作品の展覧会など、何回も行ったようだったが、いつの間にか、それも立ち消えになったようだった。この事件について、世間はあいまいな態度をつりつづけた。それは、何よりも、この事件が謎めいていたからである。結局、真相は当事者にしかわからず、しかも、当事者の一方がもはやこの世の人ではないのだから、つまり、説明できるのは、今、目の前にいる鶴田均一人だけであった。

鶴田は、コロッケを一つつまむと、半分かじった。

「温かいうちなら、もっとうまいのだが」

泉田は、「謎」について質問したい気持ちを抑えて、コロッケを一つ、つまんだ。

「懐かしい味だ」

鶴田は冷ややかな微笑を浮かべた。そして、言った。

「懐かしい？懐かしいか。シェークスピアの描いた武将マクベスは、王殺しの大罪を犯して、『おれは眠りを殺してしまった』と叫んだ。罪人にはもう、無垢な安らぎはあり得ないと言うのだろう。そして、僕も、そうだ。僕は『懐かしさ』を殺してしまった」

鶴田は挑むように、試すように、様子をうかがうように、泉田を見つめた。泉田は「告白」の重さから逃れるように、鶴田に言った。

「シェークスピアの時代の感覚では、王権とは、神聖なものだった。この感覚がわからないと、『マクベス』も『ハムレット』も『リア王』も理解出来ない。これらの悲劇では、いずれも、王が殺害されたり、迫害されたりする」

「なるほど。興味深いな。だから、シェークスピアは現代的なんだ。現代は、神聖なるものが踏みにじられる時代だからな。その意味で、現代人はみんな、罪人なんだ。マクベスと同じように、『眠りを殺してしまった』のだ。

僕はこれでも、若い頃は、芸術家の端くれのつもりだった。絵を描いては、苦しんでいたんだ。今思えば、滑稽なことだ。結局、僕にできるのは、人の模倣だけだった。この事実は、厳然と、いつだって、僕の目の前にあったのだ。が、ようやくそれを納得したのは、つい、この頃のことだ。それは、同時に、僕に年齢の重みを感じさせた。五十を過ぎて、僕はようやく、『オトナ』になった、出来損ないだ。

若い頃の僕にとって、芸術は、神聖なものだった。神聖なものだと思いたかった。しかし、僕には才能がなかった。そして、井上には、それがあった。

その頃、遠山二三男という、絵画が好きでたまらない中年男と知り合いだった。遠山は、絵を見る時、それこそ、なめるように凝視するんだ。まるで美しい女性を見つめるみたいに。そのくせ、何も知らなくて、モネとマネの区別も出来なかったんだ。その無知な男が、僕と井上との間で起こった、あの盗作騒ぎの時、僕に言った。

『盗んだのは、あなただ』と。

もちろん、僕は切り返した。

『何か、証拠でも？』

すると、あいつは、言いやがった。

『わたしは、警察でも、検事でもない。そんなものは必要ない。ただ、わたしはあなたを知っている。間違いようがないくらい、知っている。盗人は、あなただ』

あいつは、こうも言いやがった。

『あなたは、そんなに重いものを背負って、生きていけると思うのか？あなたはまだ若いから、勘違いしているんだ』

悔しいが、歯ぎしりするほど悔しいが、あいつの言った通りだった。だから、僕は今、こうして君に懺悔しているんだ。君には迷惑かもしれないが」

「井上は、なぜ、黙っていたんだ？」

「井上には才能があったが、その才能と同じ位の量の優しさを持っていた。あいつは優しい男だった。才能というヤツを真に生かすには、多少の残酷さが必要らしい。あいつには、それがなかった。だから、死んだんだ。あいつは、僕に、同情しやがった。同情しやがったんだ。あの優しさが、あいつ自身を殺したんだ」

鶴田はテーブルの上に突っ伏した。そして、低い声でうめいた。その痛ましい声を聞きながら、泉田は、昔、母を捨てたKのことを思い出した。鶴田もまた、取り返しのつかない人生の悔恨に苛まれている。どうしていいか、わからなかった。

しばらくして、落ち着いてきたのか、鶴田は顔をあげた。

「気にするな、懺悔したのは、君が初めてじゃない。津川周という、流行作家を知っているか？不真面目な男で、ちゃんと奥さんがいるくせに、女性スキャンダルが絶えない。その津川とこの前、酒を飲んで、酔った勢いで、僕はヤツに言ってみた。

『僕は人を殺したことがある。が、公的な罰を受けずに来た。しかし、罪を犯したら、罰は逃れられないものだ。この頃になって、良心の呵責が耐え難くなってきた』

すると不真面目な男は

『そんな話は、小説にも、ならん』と言った。

僕は虫けらのような人間だが、『小説にもならん』と言われて、がっかりしてしまった。もっと、真面目に、真剣に、人に話を聞いてもらいたくなった。だから、今夜、君のところに来た。君には迷惑だったことだろう。自分でまいたタネは、自分で刈り取らなければならないものだ。だから、僕もそうするよ。邪魔したな」

鶴田はそう言って、席を立ち、行こうとした。泉田は、鶴田が死ぬのではないかと思った。それは、やめさせなければならない。その一心で、泉田は鶴田を呼び止めた。

「待てよ、鶴田」

「なんだ？」

「その、津川周を、私に紹介してくれないか？私は本が好きだが、作家の知り合いなんて、一人もいないんだ。ぜひ、会ってみたい」

「君も、物好きだな。交際して、ためになる人物じゃないぞ。まあ、僕にそんなことが言える資格はないが」

「紹介してくれ。君の都合の良い時でいいから」

「わかった。今度の日曜日にでも、どうかな。話しておくから」

*

翌日、小森和也の絵画に、大きな変化が現れた。海を見つめている少女の隣に、ぼんやりとした人影が現れたのである。

「人物を描き加えるの？」

「ええ、ひとりぼっちじゃ、ちょっと、かわいそうでしょう」

「隣にいるのは、ボーイフレンドかな」

「どうでしょう。僕は、自分の姿を描こうと思います。だから、兄と妹になるのかもしれません」

「二人は、何を話しているの？」

「さあ、今のこの時間が、永遠になればいいのに。そんな話をしているのかもしれません。すてきな夏の昼のひとときでしょう？ ああ、これが、現実だったら、いいのに」

絵筆を動かす和也の瞳は輝いていた。

こんな喜びは、まだ、人生の入口にいる若者の特権だろう。泉田は微笑した。

和也は少し照れながら、

「突然ですけど、先生の好みの女性は、どんなタイプですか？」

「私の？ そうだな、さびしがり屋で、子供っぽくて、ちょっとぼんやりしているような女性が好きだな」

「えっ、なんで、そんなのが好きなのですか？」

「なんでと言われても、好きなものは、説明できないな。例えば、小森君がサクランボが好きだとする。なんで好きか、説明できないだろう？」

「そう言えば、そうですけど、蓼食う虫も好き好きですか」

「いや、それは、違うな。さびしがり屋で、子供っぽくて、ちょっとぼんやりしているような女性は、とても、かわいい。こんな女性を好きになると、私はいつだって、彼女は世界で一番かわいいと思ってしまう」

和也は笑った。泉田は、その様子をかわいく思った。そして、思った。若者はいつだって、恋をしたいんだ。恋に憧れているものだ。しかし、「恋」とは、一つの言葉である。人間は、言葉というものを普段、誤解している。言葉は一つの思想を表している。それは確かだ。そして、思想とは、一つの結論ではなく、一つの問題提起であるのだ。それは、自らの考えを押し付けることではなく、一つのきっかけにして、あなたと対話したいという誘いであるのだ。若者は、「恋」とは、こうでなければならないと思いがちである。そのことはすなわち、「恋」という言葉の表している思想を、一つの結論として受け取ることを意味する。それは、誤解である。若者は、「恋をする」のではなく、「恋という現象の中に飛び込んで行く」べきなのである。

*

泉田は、その日の夕食も、「お食事よしみ」で済ませた。

定食を食べていると、奥の住居から、娘の吉海七海が出て来て、泉田の向かいの席に座り込み、話かけてきた。

「なんて、呼んだら、いい？おじさん、それとも、先生？」

「どちらでもいいよ」

「ねえ、名前、教えて」

「泉田響樹」

「いずみだ、ひびき。それじゃ、『ひびきさん』って、呼ぼうかな」

七海は子供のように笑った。その無邪気な声に、泉田も笑顔になった。

「やっぱり、やめた。それじゃ、恋人みたいだもの。先生でいい？」

「いいよ」

「また、話、聞いてくれる？」

「いいとも」

「きのう、わたしの前世が堕天使だったことを話したでしょう。そうしたら、ゆうべ、夢を見ました。西洋の田舎にある古い教会の壁に描かれたフレスコ画の中の天使だったわたしは、青年画家に恋をして、熱烈に、人間になりたいと願いました。そうしたら、嫉妬深い神様が怒ってしまいました。キリスト教の神様は、嫉妬深いんですからね。教会の十字架の後ろの方から声がしました。それは、フレスコ画の中の天使のわたしに話しかけてくる、神様の声でした。薄暗い教会の全体が、その声にふるえました。教会の古いガラスのステンドグラスもふるえて、そこから入る日の光もふるえました。

『お前は、永遠の生命を捨てなければならない』

永遠の生命を捨てるということが、どうやら、人間になるということらしかった。正直、わたしは少しだけ、迷いました。でも、あの青年画家も、有限の命しか持っていないことを思って、わたしは神様に『はい』と答えました。それが、恋することなのかもしれない。

するとと、悪魔がやって来て、わたしにささやきました。

『永遠の生命を捨てるなんて！あの青年画家がどうしたというのか？君は世界一美しい、と言っただけじゃないか。そんなのはただの言葉、たった一つの言葉じゃないか。あの青年は、君をだましたのかもしれない。君に、嘘を言ったんだ、きっと。言葉とは、とても便利な道具で、嘘で人をだますことが出来る。それが、言葉の主な用途と言ったっていいぐらいだ。君はだまされている。今すぐ、君の言ったことを撤回しなさい。それが、自分のためだ。君は、永遠の生命を持った天使じゃないか。それを捨てるなんて！それも、一時の気の迷いで！こんなに愚かなことはないよ。永遠と、ほんの一時を比べれば、どちらが素晴らしいか、どんなバカにだってわかる。蛇のように、賢くあれ！』

わたしは、泣きそうになって、言いました。

『バカだって、かまいません。わたしは人間になりたいのです！』

ここで、夢は覚めてしまいました。目が覚めて、自分が泣いていた事に気が付きました。なんで、こんな夢を見たのかな。先生、わかる？」

七海の顔を見ると、本当に涙ぐんでいる。泉田は、自分が彼女にからかわれているのではないことを悟った。その涙ぐんだ目は、泉田に、昔のことを思い出させた。それは、恋に燃えている女性の目だった。しかし、今の彼女の恋は、具体的な相手がいるわけではない。いわば、恋に恋しているのだ。泉田は、教師根性か、彼女があまり、夢の世界に入り込んでしまうのを危険に感じた。どうしたら、いい？結局、こんなことしか言えなかった。

「とにかく、あまり、慌てちゃ、いけない。落ち着いて、待っているんだ。すると、川の流れが地形を変えていくように、きっと変化が起こってくる。慌ててはいけないよ。夢の中で、天使だった君は永遠の命を捨てたが、今は人間となった君は、自分自身を大切にしなければいけない」

すると、七海の表情は一変し、笑顔になった。

「先生、どんな話でも、真剣に聞いてくれるね。なかなか、こんな話を、聞いてくれる人って、いない。先生、珍しい人なのかもしれない」

七海は笑顔のままで、奥の住居に行ってしまった。

泉田は、なんとなく、思った。彼女は、「自分を大切にしなさい」と、人から言ってほしかったんだ。その言葉が聞けたので、満足したんだ。

*

日曜日がやって来た。昨夜、鶴田が電話をかけてきて、津川周が会ってくれる約束をしたと言った。夜の七時に街の居酒屋に来てくれと言った。

泉田は、用意のため、津川周の作品を読んでみた。知的で整った文章だったが、それと対照的な、非常な不道徳な内容で、泉田はその落差に驚いた。例えば、「賭け」という短編があった。二人の男、ＡとＢとが賭けをする。Ａが「あの女に、今、彼氏はいない。Ｂよ、お前が落とせ。一年以内に落とせるか、賭けをしよう」。プレイボーイのＢは、恋愛感情などなくても、女を抱いては、捨てていた。そんな男にとって、「あの女には、今彼氏がいない」という言葉ほど、闘争心をかき立てられるものはなかった。十万円の現金が賭けてあったこともあり、Ｂはこの上ない熱情を持って、女を口説いた。女はなかなかその気にならなかったが、Ｂがでまかせに言った

「オレのジューンブライドになれよ」という言葉を信じた。子供のように、無邪気で、真剣な信頼だった。賭けはBが勝った。実は、Aはその女に振られていたのであった。Aは女に復讐するために、こんなことを仕組んだのだ。女はすぐBに捨てられて、Aと同じ苦痛をなめ尽くすはずだった。ところが、意外なことが起こった。女の方がBを捨てたのだ。Bはこう言った。

「三島由紀夫は、男の嫉妬心は傷つけられた自尊心の怒りだと言ったが、俺の自尊心も、大いに傷つけられた。責任をとれよ。面白くもない女だったしな」。Aは言い返した。

「バカ野郎！自尊心ぐらい、なんだ！俺は、何を傷つけられたと思う？簡単には言葉に出来ないものだ。それに十万円の出費で、懐が痛んだ」

なんとも、後味の悪い短編だった。

非常に気が進まなかったが、約束の時間に、泉田は街の居酒屋に行った。

入っていくと、すでに鶴田と津川は飲んでいて、かなり酔っているようだった。津川はばかに陽気な声で、こう言っていた。

「おお、文系バンザイ！俺たち虐げられた文系人間は、せめて、片意地を張って、こう叫ぶんだ！文系バンザイ！文系バンザイ！」

泉田は立ち止まり、このまま帰ってしまおうかとさえ、思ったが、鶴田に見つけられてしまった。鶴田も津川につられたのか、明るい声で、

「泉田！こっち、こっち！来いよ、先生はもう出来上がってるぞ！」

泉田は自分の顔の表情がこわばってはいないか、気にしながら、二人のテーブルに近付いていっ

た。鶴田は立ち上がり、自分の隣に泉田を立たせて、

「津川さん、僕の旧友を紹介します。泉田響樹君です。彼は僕の美術大学の同級生で、あなたの作品の愛読者です…」

そう聞いて、泉田は思わず、笑みを浮かべた。鶴田の言葉はまだ続いていたのに、そこに津川が割って入って、

「あなたは、僕の作品を読んだことがあるんですか？」

「ええ、もちろんです。拝見しています」

津川はコップに残っていたビールを飲み干した。泉田と鶴田は席に座った。鶴田がビール瓶を持ち上げながら、泉田に言った。

「君は、酒は？」

「遠慮する」

鶴田は手に持ったビールを津川にお酌しながら、

「それじゃ、ウーロン茶でも頼むか」

津川はコップのビールをがぶがぶ飲んで、泉田に
「僕は、無頼を気取った戯作者でね。あなたはきっと、学校の先生かなんかでしょう、実に、真面目そうだ。酒を飲まず、はめをはずさず、女遊びもせずに…。何が楽しくて生きているんだと言われるタイプだ。

鶴田君から、聞いているだろうが、僕は評判の悪い男でね。しばしば、あのＫＴ新聞にネタを

提供している。KTつながりで、鶴田君とは腐れ縁なんだが、ときどきは、鶴田君としんみり、こんな話もするのです。

われわれはまるで、みすぼらしい舞台の上で、下手な演技を見せている大根役者みたいだと。それも、ただただ、生活のために、犬がえさのために飼い主に『お手』でもするように、そうしているんだ。チャップリンみたいに、台本も監督も自分がやっているなら、まだいいが、どこの誰が台本を書いているのか、さっぱりわからず、誰が責任者なのか、誰も責任なんかとりはしない。ただただ、日々の必要に迫られて、汗をかいている毎日だ。勤め人みたいに定期的な健康診断なんてないが、この前、ふと思いついて健診に行ったら、肺がんが見つかった。若い頃から、ずいぶん、タバコと仲良くしていたからな。かなり進んでいて、危ないんだそうだ。すぐに入院しろなんて言われたが、入院生活なんてまっぴらごめんだ。妻には、なんでもなかったよ、そう言って、だましている。タバコを好きで吸ったのは、僕自身なのだから、何の悔いもない。すぐに死んだって、不平を言いはしない。今の生活よりは、人間らしい行いであるかもしれない」

津川はここでひどく咳き込んだ。鶴田を見ると、非常に驚いた顔をしている。どうやら、津川の病気を知らなかったようだ。鶴田は、津川の咳が治まるのを待って、

「津川さん、本当ですか?放っておいて、はいけない。そんなに自堕落になるなんて」

津川はその言葉は無視して、泉田だけを見ながら、

「あなたは、不思議な人だ!あなたの前にいると、胸の中を、洗いざらい、告白してしまいそうだ。これは確かに、アルコールの作用ではない。あなたという人間の作用だ。僕は、自分の病

気のことなんか、妻にも言わなかった。一人で野垂れ死にするつもりだった。それが、どうだ、この鶴田君にまで、説教されてしまった。まあ、死ぬ前に、懺悔して、胸の中をきれいにするのも、いいのかもしれない。その胸の中に、僕の死が、宿っているのだからな。告白するぞ！俺は告白する！俺は卑劣漢だ。俺はだらしのない女たらしだ。事実、全く、その通り。だが、俺は妻を愛している。ＫＴにスキャンダル記事が載るたびに、俺は、涙ながらに土下座して、妻に謝っているんだ。妻も、蒼白な顔で、涙を流しながら、それでも、いつも、俺を許してくれた。妻は、俺の謝罪が真剣なものであることを分かってくれていた。俺という、こんなふざけた男の中に、たった一筋、キラリと光る真面目さが存在していることを、妻はわかってくれたからこそ、俺と結婚してくれたんだ。結婚に絶対に必要な真面目さを妻は、俺の中に認めてくれたんだ。だが、しかし、それなのに、俺は妻を裏切っている。なぜだ？それは、俺が、創り出す人間だからだ。創るためには、俺は酔わねばならず、真面目なんかじゃいられないのだ。そして、酔いが覚めれば、いつも後悔と、自己嫌悪と、妻への愛を切ないぐらいに感じている。なんという、情けない稼業なんだ！こう叫ぶ自分自身を、俺は、たまらなく嫌悪している。本当のことを言えば、稼業のせいじゃなく、俺自身が卑劣なだけだ」

津川は、両手の中に顔をうずめた。再び顔を上げた時、妙に卑屈な表情になっていた。

「まあ、俺も楽しまなかったわけじゃない。泉田さん、あなた、俺の作品の不道徳性に、きっとびっくりしただろう。あれは、酔っ払いの作品だからだ」

あまりの「告白」に、泉田は当惑していた。結局、この「告白」も流行作家の「創作」なのではないか、そんなことも考えた。きっと、そうなのだろう。たとえそうだとしても、相手は病気だ。何か言ってやらねばならない。泉田は考えた末に

「文化の退廃ですね」と一言だけ返した。

津川はニヤリとして、口をゆがませるように、

「俺は、天下国家を論じられるような男ではないが、この国は危ないのかもしれない。文化の退廃と、国家の斜陽化は共時的に起こるんだ。どちらかが、どちらかの原因でもないし、結果でもないのだが、それらは同時に起こる。因果律は万能ではない。例えば、大日本帝国の敗戦の前には、めぼしい小説はあまり書かれていない。谷崎潤一郎は、発表する当てもなく代表作の『細雪』を書き継いでいたが、その小説は当局によって、発禁になった。太宰治だけが、『お伽草紙』など、力作を発表していたが、まあ、太宰らしいよ。あいつは世の中から、ずれているんだ。それに、かっこよく、目立ちやがって」

泉田は、はっとした。この男の文体は知的だったが、その知的な面が出たと思った。この男が、もっと倫理的だったら、もっとすぐれた作家になれるのに、と残念に思った。津川は、相変わらず、泉田だけを見ながら、

「泉田さん、あんたとは、もう会いたくないな。あんたといると、俺の妄想癖が昂じてならない。実際にはありもしない事実を告白し、とうとう、天下国家まで論じてしまった。俺は、あんたといると、ダメになってしまうかもしれない。消えてくれ」

泉田は苦笑した。鶴田の方を見て、「助けてくれ」と言いたかったが、津川の方が先に

「消えてくれないのなら、俺の方が消えましょう」

そう言って、津川は居酒屋を出ていってしまった。

鶴田は泉田に
「あの人は、病気で、自暴自棄になっている。許してやってくれ」

「そうだな、病気のことは、確かに、放っておけない。鶴田は彼の友達なのだから、力になってやらなければならないな」

「ああ、出来るだけの努力はしよう。あの人はあん[illegible]風でも、本当は、い[illegible]人なんだ。僕なんかよりずっと頭が良くて、優しくて、奥さんを愛して[illegible]る。なんとかしよう」

泉田は思った。鶴田に、一つの仕事が出来た。これ[illegible]、少しでも、彼は「死」か[illegible]遠ざかっただろう。まだ、安心は出来ないかもしれないが。

*

小森和也の絵画は順調に進んでいた。その画面に[illegible]た変化が現れた。今まで後ろ姿だった少女が、横顔を見せるようになった。隣にいる和也と、[illegible]顔で、何かを話していた。
絵筆を動かしながら、和也は
「先生、不思議なことに、夢の中に少女が出てこなくなりました」
「そうか、少女はきっと、夢の中から出て、君[illegible]描いている絵の中に、入ったんだ。その絵は、まさしく君の、入魂の作品ということになるね」

「えっ、魂が、入ってしまったのですか？なんだか、怖いな」

「明治時代に、初めて写真機を見た日本人の中には、写真を撮られるのを嫌がる人がいたという。写真を撮ると、魂まで抜かれてしまうと、なんとなく、感じたらしい。

君は、ドッペルゲンガーという言葉を知っているか？」

「いいえ、知りません、何かで聞いたことはありますが」

「ドイツ語で、二重身を意味する。つまり、他人を見るように、自分自身が歩いていたり、座っていたりするのを目撃してしまう現象があり、その自己像のことを言う。

ゲーテや芥川龍之介は、ドッペルゲンガーを見たらしい。ゲーテは、恋人と別れて、霧の中を馬で行った時、霧の向こうから、自分自身が馬に乗ってくるのを見たそうだ。ドッペルゲンガーを見ることは死の前兆であるという説もあるが、別にゲーテは死ななかった。この時ゲーテは、恋人と別れてきたのだから、『恋の死』だったのかもしれない。それから、詩人のハイネに、ドッペルゲンガーという詩がある。引っ越ししてしまった恋人の家の前に、夜な夜な、影法師が現れる。その影法師をよく見ると、自分自身で、恋の苦悶に身をよじらせていた。ああ、影法師よ、なぜ繰り返すのだ。愛の苦しみを？」

「不思議な話ですね。ぞっとするけど、何か、魅力的ですね」

「写真に撮られると魂を抜かれてしまうなんて、迷信もいいところだが、きっと、そこには、ドッペルゲンガー的な恐れがあるのだろう。ゲーテや芥川龍之介のように、それを見てしまえば、疑うことは出来ないのだろうが、われわれ普通の人間にとっては、夢物語の中に、何か、魅力がある。魅力があるということは、一抹の真実がある。真実があるからには、それを捨てることは、われわれ自身から何かが、欠乏することにほかならない。現代人は何を失ったのか?きっと、それは『美』と呼ばれていたものに違いない。哲学者のニーチェは『神は死んだ』と言った。それの真似で、私はこう言う。『美は死んだ』と。

江戸時代には、怪談が非常に流行したという。『おばけ』の話がみんな大好きだったんだ。江戸文化を色濃く身にまとっていた作家の泉鏡花は、おばけの小説や戯曲をたくさん書いた。しかし、江戸時代に流行した怪談は、どうも、私の感じでは、当時の支配権力である『お上』の圧迫感からの逃避という印象が強いようだ。同じようなことは西洋にもある。教会の権力が絶大だった時代、悪魔が非常に恐れられ、『魔女狩り』の蛮行が荒れ狂ったことはよく知られている。こういう逃避の心理は、人間に普遍的なものかもしれない。現代でも『風通しの悪い』教室ほど、陰湿ないじめが発生しやすいものだ。江戸の怪談、西洋の魔女狩り、現代のいじめ。これら、とても違って見える現象が、どれも、同じ普遍的な逃避の心理から発生していると言えるのかもしれない。

人間には、広い場所が、そして自由が必要なんだ。でも、あまり自由過ぎると、今度は『自由からの逃走』が起こってくる。難しいものだ」

「先生、今僕が描いている海はとても広いのです。そして風も吹いている」

「そうだね。若者二人は、幸せそうだ」

「先生は、なんでも、よく御存じですね」

「いや、本当に役に立つのは、記憶力ではない。連想力だ。今はネットで何でも調べられるから、だれでも『生き字引』になれる時代だ。しかし、機械は連想まではしてくれない。本当に役に立つのは、自由な連想力なのだよ。ありきたりのパターンにはまるだけの連想ではない、もっと自由な連想だ」

「連想力って、どうやって、鍛えれば良いのですか？」

「一日のうちに、ぼんやりと気持ち良く過ごす時間を作ることだ。例えば電車に乗ると、座っている人がみんなスマートフォンを見ている。あれは良くないな。電車に揺られて、ぼんやりと、気持ち良く過ごす時間が貴重なんだ。私はそんな時間が好きだ」

*

「お食事処よしみ」で夕食をとっていると、奥の住居から、今日も娘の吉海七海が出てきて泉田の前に座った。

「先生、こんばんは」

「やあ、こんばんは」

「先生、わたしのこと、変だと思っていない？」

「べつに、思わないよ」

「だって、変でしょう?」

「若い人には、よくあることだ」

「嘘!わたしは、自分が、変だと思います。だって、ゆうべ、わたし、透明人間の夢を見たんです」

「そう、透明人間?」

「先生も変です。なんで、そんな風に、『そう、透明人間』なんて言えるの?先生も、変っている。同類相憐れむなんて、いやだな」

「まあ、そう、怒らずに、話しなさい」

すると、怒って、見せていた七海の表情は一変し、にっこりと笑って、つづけた。

「ゆうべ夢を見ました。西洋の田舎の古い教会のフレスコ画の天使だったわたしは、堕天使となって、永遠の命を失いました。でも、わたしはうれしかった。これで、あの青年画家と同じ人間になれたから。やっと、人間になれたのだけど、わたしは何もない、がらんとした部屋に、ただ一人でいるのでした。わたしは『誰か、いませんか?』と声に出して言ってみました。『ここはどこ?』とも言ってみました。すると、気配がしました。誰かがいる気配です。私はうれしくなって、『誰?』と呼びかけました。確かに人の気配はするのだけど、目に見えません。でも、『存在を感じる』と言うか、そんな感じで、だって、私は、確かに感じていたのだから。『誰?』と、もう一度、呼びかけてみました。すると、返事の声が聞こえました。『海に行こう。とても広いし、風も吹いている』。わたしは、この、がらんとした何もない部屋から出られるならばそれで良かったから、答えました。『ええ、海でもどこでも行きましょう』。ところが、もう、声はしませんでした。男の人の声だったみたいだけど、どこかに行ってしまったのかな？それとも、わたしに『海に行こう』と言ったのではなかったのかな…そう感じて、わたしは少し恥ずかしくなってしまい、そこで、目が覚めました。先生、これって、透明人間でしょう？」

「なるほど、不思議な夢だね」

「先生、ときどき、つまらなくなると、わたしは感じてしまいます。女の子って、伽藍とした何もない部屋みたいだって。なんとなく、そう感じてしまうことが良くあります」

「何もないと言うけど、それは、未来に向かっていろいろな可能性があるということだと、良い意味でとらえればいい。そういう風にプラス志向で考えればいい」

*

「お食事処よしみ」を出て、夜道を歩いていると、胸ポケットの携帯電話が鳴った。

意外な人物からだった。

「こんばんは、泉田さん。驚きましたか？鶴田君から、あなたの携帯の電話番号を聞きました」

「津川さんですか」

「ええ、今夜も僕は、酔っ払っています。酔った勢いで、あなたに電話しています。この前は、失礼しました。僕は、後悔ばかりしている性質でね、今、あなたのことを思い出しても、痛いくらいの後悔を感じています。まあ、後悔というヤツは、きれいな後悔、汚い後悔と二つあります。先の敗戦から、日本人が永遠の不戦を誓ったのは、きれいな後悔ですが、その後、その後悔自体を後悔するのが汚い後悔です。でも、そんなことは、どうでもいい。俺の後悔はもちろん汚い後悔だ。この前、あなたに『告白』したことを後悔している。なぜなら、俺は、本当のことを言わなかったからだ。俺は芸術家を気取って見せましたね、あなたの前で。嘘、嘘、嘘っぱちですよ、そんなことは。本当は、売名行為で、自分自身のスキャンダルをKTに売ったのです。『悪名は無名に勝る』なんて言葉がありましたかね。世の中には好奇心の強いお方がたくさんいて、それで、少しは潤いましたよ。ハッ、ハッ、ハッ、ハッ」

　笑った後、津川は、電話の向こうで激しく咳き込んだ。泉田は暗い気持ちで津川の苦しそうな咳を聞いていた。

「津川さん、大丈夫ですか？津川さん……」

「病膏肓《やまいこうこう》に入る。もう、だめですね。俺みたいな人間は、早く死んでしまえばいいんだ。世の中がきれいになる。死ぬ前になっても、俺は嘘ばかりついている。なんで、この前、初めて会ったばかりのあなたに、こんな嘘をつかなけりゃいけないのか、自分でもわかりませんよ。本当は、本当のことは、もっと、もっと汚いんだ。俺は、あなたがうらやましいよ。あなたは、自分自身も、他人も、汚さずに、生きていける。俺は、たぶんこの俺がいるだけで、周囲の人間までも汚してしまう。そういう人間なんですよ。ずいぶん、他人を汚し、他人の恨みを買って、これまで生きてきました。俺は恥知らずな人間だ」

泉田は黙っていた。が、確かに聞いていることを示すために、ふっと、ため息をついた。

津川も黙っていたが、やがて、少し落ち着いて、

「結局、本当のことなんて、ありゃしないんだ。泉田さん、驚くべき結論です。本当のことなんて、この世に存在していないのですよ。みんな嘘です」

「驚くべき、ニヒリズムですね」

「僕は、無頼を気取った戯作者でね」

そう言うと、電話はプツリと切れた。

泉田は、憂鬱になった。鶴田に電話しようと思ったが、鶴田にも、誰にも、津川を慰めることは出来ないと、思い返した。

*

その夜、家に帰ってから、鶴田からも電話があった。

「津川さんから電話があっただろう？あの人、酔っ払って、また、くだを巻いただろう。僕が君の電話番号を教えたのだが、迷惑だったかな？」

「そんなことはないが、あの人は、ちょっと病的だな。どこまでが本気で、どこまでが無頼を気取ったポーズなのか、わからない。今日は、『世の中に本当のことなんか存在しない』と言っていた。アインシュタインは、『月は見ていなければ存在しないのか？』と言ったそうだが、も

ちろん、アインシュタインはこう言いたいのだ、誰かが見ていなくても、月は常に存在していると」

「難しいことを言うな。僕は君の生徒じゃない。君、今夏休み中だろう？僕もそろそろ夏の休暇を取ろうと思うのだが、津川さんを旅行にでも連れ出そうかと考えている。君も一緒に来ないか？」

「残念だが、夏休み中でも、毎日学校に来る生徒がいる。秋の文化祭に出展する絵を描いているんだ」

「そうか、仕方がない。僕らだけで行く」

「あの人は、旅行なんかに行くだろうか？」

「なに、酒を好きなだけ飲ませると言えば、きっとついてくる」

「どこに行くんだ？」

「どこか、東北の静かな場所、温泉でもと思って、福島県の磐梯高原の、川上温泉の旅館を予約しようと思っている。五色沼と、きれいな森林を見ながら、生きることも満更悪くないと思い出してもらって、病気の治療に向かってもらえれば、うれしいのだが」

「いい話だ。行けなくて、残念だ」

「向こうに着いたら、電話ではなく、絵葉書でも書くよ。おみやげも」

「気を遣わせて、悪いな」

＊

何日かして、福島県から、鶴田の手紙が届いた。

「前略

絵葉書を、と思ったが、はがきでは書き切れない。

津川さんは素直に旅行に応じてくれた。奥さんも一緒に、と僕は言ったのだが、あの人は頑固に二人だけで行こう、そう言って聞かなかった。

川上温泉の旅館に落ち着いて、その夜はさっそく、二人で酒を飲んだ。津川さんはすっかり酔っ払って、あの人はどちらかと言うと、酔うと陽気になる方なのに、その夜に限って、陰気に黙り込んだかと思うと、急に泣き出した。僕は目の前で大の男が幼子のようにべそべそ泣き出すのを見て、驚いてしまった。津川さんは泣きながら、

『君がこんな心づかいをしてくれるのは、きっと、俺がもうすぐ死ぬからなのだろう。君はまだ、この俺に対して、ちゃんと病気の治療をしろ、と言うのだろう。しかし、俺は、死ななければならない。もちろん、病気で否応なく死ぬのだが、また、死ななければならないのだ。なぜか。俺は神聖なるものを汚したからだ。神聖なるものを汚したから、死ななければならぬ。俺は汚した。結婚の神聖を、芸術の神聖を。笑ってくれるな、俺はこれでも、若い頃、それらの神聖を信じていた。鶴田よ、お前、この間、人を殺したことがあると言っていたな。人を殺してはならないとは、最も神聖な掟だ。お前はそれを汚した。つまり、俺と同じ仲間だ。大体の見当はついていた

よ。お前もＫＴのせいで、身を誤ったんだ。お前と新進画家の井上洋一との間にあったことは、俺も承知している。お前は俺の仲間だ、同胞だ。いや、ＫＴのせいで身を誤ったなんて、言っちゃいけない。みんなみんな、すべて、自分自身が悪いんだ。自分の選択したことだ。俺もお前も、男らしく、すべてを引き受けようじゃないか。さあ、わが同胞よ。俺は死に、君は生きる。どちらがましな生き方だったか、あの世で会ってから、じっくり話し合おう。

　僕には、疑問が残った。だから、素直に質問した。津川さん、あなたが、ＫＴのせいで身を誤ったとは、どういう意味なのか？

津川さんは、はっきりとは答えなかった。こう言っただけだった。

俺は結婚の神聖、芸術の神聖を汚した、それだけではなく、他人の尊厳も汚した。これまで、ずいぶん人に迷惑をかけて生きてきた恥知らずだ。いや、ＫＴのせいだなんて、言っちゃいけない。

　翌日から、僕たちは磐梯高原の観光名所を巡った。檜原湖、秋元湖、小野川湖、五色沼などを見て回った。少し疲れたが、風は爽快だった。昨夜からのつかえが消え、なんだか清々しい気分になった。津川さんも楽しそうにしていたが、奥さんにも見せたいとは、とうとう、言わなかった。もうすぐ帰る。この手紙に、返事は要らない。君はきっと、熱心に読んでくれただろう。でも、何も言えないだろう?だから、無理して、何かを言う必要はない。また、会おう。

　追伸

君はきっと、心配してくれていたのだろうが、僕は死ぬことはやめた。津川さんは死に、僕は生きる。あの世で会って、どちらがましな生き方だったか、じっくり話し合う約束をしたからだ。僕は、人との約束は守る方だ」

＊

その夜、泉田は夢を見た。

彼は、古い、古い時代の中にいた。それは、彼自身の過去よりも、はるか昔、ずっと古い時代であるようだった。

彼は一人で浜辺を歩いていた。海の波が砂浜を洗い、松の林がずっと続いていた。

ふと気づくと、松の細い枝が二本、誰かによって、結び合わされていた。

泉田は思った。ああ、ここを、あの有間皇子が通っていったのか。どうやら、その時から、それほどたっていないようだった。万葉集にある有間皇子の有名な歌が思い出された。

磐代の浜松が枝を引き結び
　真幸くあらばまた還り見む

風が松の林を渡っていった。海の波音が絶え間なく響いてきた。風の音、波の音は、この古い時代から、泉田の生きて居る時代まで、絶え間なく、響きつづけているのだった。泉田は深い感慨の中に沈んでいった。

すると、目の前が急に暗くなり、泉田はひとつの幻を見た。夢の中の夢、白日夢だ。

有間皇子は、この浜松の場所を過ぎて、帰京する途中、紀伊国藤白坂で、絞首刑に処せられた。白日夢は、そのくびれ死んだ死体が、風に吹かれて、ゆらゆら影のように揺れているのを描いていた。

泉田は強い衝撃を受けて、目覚めた。動悸がなかなかおさまらなかった。

*

夏休みもあと十日ほどになって、小森和也の絵画は完成に近づいていた。

青い海を前にして、若い二人が向き合って、何かを談笑していた。大きな船、白いカモメ、青い波、最後に描き加えられたのは、画面の端に現れた人影だった。

「それは、通行人かな？」

「これは…」

和也は少しの間、答えをためらっていた。

「これは、先生です。先生も、僕らのこの時間の中に居てほしくなったからです」

「それは、私なのだね。それはうれしい」

「そうですか？」

「題名は？」

「ちょっと恥ずかしいですが、『永遠の夏』なんて、どうですか？」

「そうだね。ちょっとおおげさかな。『終わらない夏』ぐらいにしておくのは、どうかな」

「そうですね。それがいい。そうします。先生、これは、決して覚めない夢なのです。覚めてしまうから夢は夢なんですけど、僕は、夢を画面に定着させたんです。だから、これは覚めない夢です。夏も、やがては終わるから夏なんですけど、この画面の中の夏は、終わらないんです。ぴったりの題名です、『終わらない夏』」

覚めない夢。終わらない夏。泉田はふと、鶴田の手紙の中にあった、「芸術の神聖」という言葉を思い出した。

＊

「お食事処よしみ」で食事をしていても、娘の吉海七海は、泉田を素通りするようになった。泉田は、内心微笑みながら、「前世の堕天使」の話に飽きてしまったのかなと思った。若者がいつまでも夢の世界にいるのは良くないことである。夢は、覚めるから夢である。

夏休みも終わり近くになった頃、「お食事処よしみ」でいつものように夕食をとっていると吉海七海が普段着で帰ってきた。青いＴシャツに白いミニスカートという格好である。

「先生、こんばんは」

「こんばんは。元気かい？」

七海は泉田の向かいの席に座ると、

「先生、夏休み中、何をしていたの？」

「秋の文化祭に出展する絵を描きに、毎日通ってくる生徒がいて、それに付き合っていた。なかなか楽しい時間だったよ」

「へえ、先生の学校の文化祭に行ってもいい？」

「いいよ。来なさい」

「ねえ、先生、聞いてくれる？また、変な夢を見たの」

「いいよ」

「わたしは、『愛の門』を探していたの。それが、どんなもので、どこにあるのかも知らなかったけれど、夢の中で、わたしは、それを探さなければいけなかった。一生懸命、探して、探して、やっと、ああ、これに違いないという門を探し当てました。でも、その門は、まだ閉じられていた。わたしは、門をたたいて、たたいて、入れてくれるように、一生懸命、頼んだのだけど、門は開かなかった。『門をたたけ、そうすれば開かれる』なんて、本には書いてあるけど、実際にはその通りにはいかないの。

　わたしは悲しくて、泣き出しそうになりました。そうしたら、隣に、そっくりの門があることに気が付きました。その門は開いていました。あれ？そう思って、わたしは苦も無く、門の中に入りました。ああ、『愛の門』に入ることが出来たんだ。一瞬、そう思いました。だけど、違いました。門に入ったら、すぐに、これは違う、そう感じました。わたしは、あわてて、門の中から走り出ました。門の中で、誰かが怒っていた。そんなことは、わたしの知ったことじゃない。

そこは、わたしの場所ではなかったのだから。

　ほっと胸をなで下ろして、辺りを見回すと、そこら中、同じような門がたくさんあって、それらは、みんな、開いていました。どれも、これも、これこそが『愛の門』だと、そう主張していました。けれども、わたしはもう間違えなかった。

　わたしの『愛の門』は、たったひとつ、閉じて開かないあの門だけであることを、わたしはもう知っていたのです。

　先生、なんて意地悪な世界なのでしょう！」

「それから？」

「夢は、そこで、おしまい。不思議な夢でしょう？」

「不思議な夢だ」

「先生、文化祭、行くね」

　そう言って、七海は笑顔で、奥の住居に入って行った。

＊

　秋の文化祭の当日、美術室は生徒たちの作品で飾られていた。中でも目を引いたのが、小森和也の大作「終わらない夏」である。

　小森和也はさっき、「演劇部の公演が始まるから、見てきます」と言って、出ていった。

今年の演劇部は部員が二人しかいなくて、別役実の、二人で出来る芝居を上演することになっていた。主役の女子生徒は、泉田に言っていた。

「一生懸命に練習しました。倒れちゃうんじゃないかと思ったほど。だから、先生、絶対に見に来てね」

しかし、泉田は席をはずすわけにはいかなかった。小森和也が代理というわけではないが、それで、公演を見に行ってもらったのである。

泉田は、美術部の女子生徒の作った不思議なコラージュについて、見に来た生徒に、作者に代わって説明していた。その時、部屋の入口で聞き覚えのある声がした。

「先生！来たよ！さがしちゃった、こんなところにあるんだもの」

吉海七海だった。泉田は振り向いて、笑顔で応えた。

七海は部屋に入ってくると、小森和也の「終わらない夏」の前で立ち止まると、しばらく凝視していたが、次の瞬間、驚いた顔で泉田を見ながら、

「不思議！この絵の中にわたしがいる！」

泉田は、はっとした。なぜ、今まで、気づかなかったのだろう？小森の「終わらない夏」の中のセーラー服の少女は、確かに、吉海七海の姿を写したのではないかと思われるほど、彼女によく似ていたのである。

捨身

2018. 11. 29. RITTEN
ヴォルゲット村. イタリア.

中村文夫は、悪い夢を気にするような男ではない。したがって、その日の明け方に見た夢が気味の悪いものであったとしても、少しも気にするはずはないのである。が、なぜか心に引っかかって、繰り返し繰り返し思い出されてならないのだった。彼は四十歳を過ぎた頃から、少しでも感傷的な気分にとらわれそうになると、「自分の年齢を考えろ。おれもそんなことは卒業しなければならない」と自分自身に言い聞かすようになっていたが、この場合、それは効果がなかった。彼は、改めて自分が四十五歳の勤め人であり、妻と高校一年生の一人娘の家族を持つ身であることを考えた。その男が、夢ごときを気にするとは！この自嘲も、全然彼を恥じさせなかった。それどころか、夢はその圧倒的な存在感をさらに誇示するかのように、執拗に彼の意識に浮かぶのだった。

夢の中で彼は、荒野にぽっかりと開いた大きな穴を見下ろしていた。穴は地下の果てしない暗闇に続いているようであった。どのくらいの深さなのか、見当もつかなかった。誰かがこの巨大な穴を掘ったのか、それとも、地盤が崩れたのか。彼はそれを知らなかった。彼が知っていたのは、今から、自分はその穴に飛び込まなければならないということだけだった。なぜ？そんな疑問は最初から心に浮かびもしない。彼は冷や汗を流しながら、ただただ、飛び込む瞬間を待っていた。自分の心が「さあ、今だ！」と叫んだ瞬間、彼は底なしの穴の中に飛び込まなければならない。それだけが確かなことで、動かせない事実なのであった。どこか荒野の遠くで、銃声が聞こえた。危険が迫っているかもしれないが、それは関係がない。彼は体を緊張で硬くしながら、ひらすら、心の声に集中した。

　夢はそこで途絶えた。


結局、彼はこの奇妙な夢の原因を、今日の「計画」のせいにした。その「計画」のために、彼は普段の朝と少しも変らないように振る舞わなければならない。それが妻や娘を欺くためと考えると後ろめたいが、それは「計画」の本質的なものが求める必然なのだと思えば、彼はそれに黙って従うのみであった。

　彼は普段の朝のように、飯と納豆をかき込みながら「肩がこる」とこぼし、朝食を食べない娘に小言を並べてうるさがられた。このまま、娘は学校に、妻はパートに出かける。もちろん、彼自身もいつものように背広にネクタイの格好で、カバンを片手に出かけるだろう。そのあとの、からっぽになった家の中をなぜか彼はその朝、心に思い浮かべた。

　からっぽ。セミの抜け殻のようにからっぽの家。それが家族の入れ物。

　独特の「引力の法則」に従うかのように、家族の間には強い感情の流れがある。甘えたり、反発したり、怒ったり、不満に思ったり。それがどんなに馬鹿げているように見えても、人はそれに従わざるを得ない。なぜか知らないが昔からそうしてきたからであり、だからこそ人は「内の顔」と「外の顔」を区別して違う自分になりたがるのだ。太陽系の惑星が引力の法則に従って規則正しく公転するように、家族もまた、独特の「引力の法則」に従って父として、夫として、母として、妻として、娘として振る舞う。その「引力圏」から飛び出すためには、「ロケット」はいらない。家から一歩外に出れば良い。でも、その「家」とはなにか？家族のいなくなったからっぽの家。それが、なんだ？

「今朝は、寒いね」

テレビの天気予報を見ながら、彼は言った。

「今日から厚いコートを着ていきますか？」

妻がレタスとトマトのサラダを食べながら言った。

「そうするかな。天気予報も今日は肌寒くなると言っているし」

そのコートは彼が学生時代から、もう二十五年以上も着続けているものだ。別に新しいものが欲しいとは思わないし、彼の育った家の習慣で、一つの物をいつまでも使いつづける癖がついていた。妻と娘はそんな彼には少しも影響されないが、彼は自分の育った家の習慣を押し付けようとは思わなかった。

「ねえ、そろそろ石油ファンヒーターを新しくしない？」

妻が突然、こんなことを言い出した。彼は何も返事をしないで、ただテレビの画面が光るのを見つめていた。

「今年の冬は寒くなるみたいよ」

彼はそのあと妻と二言、三言他に話をしたが、よく覚えていない。

自動人形がものを食べ、話をし、席を立ち、そして玄関から出かけた。

バス停までは十分ほど歩かなければならない。彼はいつもそこで駅行きのバスに乗る。

普段と変わらない朝。今朝は確かに寒いけれども、彼はいつもの道をバス停に向かって歩いていた。その習慣の力は、彼の「計画」がどんなに馬鹿げた、無意味なものであるかをしきりに訴えてきたが、彼はそれを変える気にはならなかった。

彼はこの日、会社から休暇をもらっていた。なぜそんな気になったのか、彼自身もわからない。彼は嘘をついて、どうしても休まなければならない理由をこしらえた。そして会社を休むことは家族にも秘密にした。自分だけの「自由」の一日が、理由もなしに急に欲しくてたまらなくなったからだ。その貴重な一日に何をする気なのか、全然わからなかった。ただ、彼は糸の切れた操り人形のようになってみたいと、わけもわからずに強く欲しただけだった。操り人形はペタリと床に崩れ落ちたまま、動けなくなってしまうかもしれない。彼はそんな軽い恐れさえ感じていた。そしてこの情けないものが、彼の「計画」の全貌なのだった。悪いことに、彼はこの情けなさまでも感じていた。

習慣の力は彼をいつもの混雑したバスに乗せ、彼を駅まで運んだ。彼は機械的に、定期券でホームに入った。そしてホームの椅子に座ったまま、いつもの乗らなければならない電車が行き過ぎるのを見送った。それが、操り人形の糸を切る鋏の役割をした。

電車が行き過ぎたあとの、駅のホームの一時の静寂が彼を包み込んだ。

どこへ行こう?彼は迷子のような臆病な気持ちでそう自問自答した。

ふと、彼は、身を包んでいる学生時代からの愛用のコートが何かの啓示を与えてくれたような気がした。彼は日常戒めている感傷的な気分に支配されてしまった。出身大学のキャンパスが、非常に懐かしく思い出された。校門を過ぎると、歩道の脇に植えられたムラサキシキブの紫色の丸い実が秋の爽やかな朝には彼を迎えてくれたものだ。今の時期、もうあの実は落ちてしまっただろうか？それとも、まだ懐かしい姿をとどめているだろうか？彼はそれを確かめるという口実を自分自身に言い聞かせ、大学行きの電車に乗った。

　電車のつり革につかまりながら、彼は目を閉じた。外の北風から逃れて、薄日の差し込む車内は暖かく感じられた。彼の意識は遠くなりそうだった。うつらうつらしながら、浮遊する彼の意識は、思わぬところまで飛んで行った。自分の覚えているかぎりの、最初の記憶は、何だろう？そんな疑問が心になぜか浮かび、彼はそれに答えた。それは、何歳ぐらいの時かは、はっきりわからない。母と、兄と、それから母の妹、叔母がいた。四人で、どこかの劇場の席に座っていた。彼は母の腕に抱かれていたのかもしれない。劇場の花道を、派手な化粧をした歌舞伎役者が、奇声を発しながら退場して行った。客席から一斉に拍手がわきあがる。彼はそれに合わせて、自分の小さい両手を一生懸命打ち合わせた。するとそれを見た叔母が、「あれ、この子も拍手しているよ。この子も拍手しているよ」と言った。…これだけの記憶である。彼は、母や兄に、この劇場の記憶がいつごろのことだったのか、確かめようとした。しかし、母も兄も覚えていなかった。もしかすると、この記憶を保持しているのは自分だけなのかもしれなかった。過去の不思議さ。それはかって存在したはずのものなのだが、誰かの記憶の中だけで生きている。すべての人から忘れられた過去は、かつて存在したと言えるのか？彼はこの問いに答えることができなかった。

久しぶりに訪れた大学のキャンパスは、彼に失望を与えた。駐車場が拡大され、懐かしい樹木はみな、なくなってしまっていた。彼はまたもや「迷子」の感情が胸に満ちてくるのを感じながら、図書館の建物に向かった。学生時代の痕跡を探すために。

図書館の書架に、彼はかつて読んだ本を見つけた。あれから何人もの手に渡ったせいで、かなりぼろぼろになっていた。彼はそれを手に取り、文字の列を追った。印刷されている文字は変わらないはずだったが、彼は昔のような高揚した感情を、そこから与えられることはなかった。彼は自分の心が、古い新聞紙のようにぱさぱさになっているのを感じた。

彼は何も得ることなく、悲しい思いで大学を後にした。そこに「若い自分」はいなかった。そこは今の若者たちのための場所だった。

再び電車に揺られながら、彼はいくぶん捨てばちな気持ちで「映画でも見ようか」と考えた。確かに時間をつぶすことは出来るだろう。派手な映像と音響に酔わされて、我を忘れることができるだろう。今の自分に必要なのは、それなのかもしれなかった。

彼は自分自身を冷笑しながら、映画館に入っていった。ところが、そこで彼は居眠りをしてしまい。ほとんど映画を見ることはなかった。彼は夢も見ないで眠った。体が疲れているのだろうか?自分に必要なのは、休息なのだろうか?家に帰って、休むことが、最も良いことなのだろうか?それが結局賢明なことなのではないだろうか?

しかし、彼は帰らなかった。街を目的もなくさまよい歩いた。

彼は群衆の中に身をひそめているように想像してみた。森林の中に身をひそめる猛獣のように、彼も心に何かとんでもないものを抱きながら、こうして街を放浪しているのだ。そう空想してみるのは快かった。快いだけで、何の意味もなかったけれども。

　彼の目は、洋服店のショー・ウインドーに引きつけられた。妻好みの柄の服だ。これをプレゼントとして買っていって、妻を驚かせるのは、どうだろう?いや、やめよう。妻は喜ばないだろう。日常のリズムを乱暴に乱すことは、家庭生活では禁忌だ。

　それでも彼はふらふらとその洋服店の中に入っていった。別に何の考えもなく、何かを買おうとか、見ようとか少しも思っていなかった。店内は、ちょうどバーゲン・セールの最中のようで、混雑していた。彼は人込みに押されながら、店のすみのワゴンの前に立った。毛糸のマフラーが千円で売っていた。彼はそれを見た。それを見たところまでは、彼の意識ははっきりしていた。が、そこから先は、わけがわからなくなった。彼はマフラーを一つ手に取ると、それをコートのポケットに入れた。そして、そのまま店を出て行こうとした。なぜそんなことをしたのか、彼自身、全くわからなかった。

　店を一歩出たところで、私服の警備員が彼の腕を押さえた。

　彼は店の奥の事務所に連れて行かれた。窓もない、薄暗い場所だった。

　彼は机の上に、「自分が万引きした」マフラーを見ながら、座っていた。その周囲には段ボール箱などが乱雑に置かれていて、蛍光灯の一本がチラチラ点滅していた。

　やがてドアが開いて、店長が現れた。若い男だ。まだ二十代かもしれない。色白の顔と、茶色く染めた頭髪がその印象を強めていた。

彼は若い店長に名前と住所などを訊かれ、そしてこう言われた。

「すみませんが、万引きはすべて警察に通報させてもらうことになっているんです」

店長は気の毒そうな顔をした。

彼は下を向いて、言った。

「そうですか。わたしは万引きをしたのですね」

沈黙の時がしばし流れた。若い店長は何かを言いかけては、それをためらっていた。店長は机の表面を、指の先で一定のリズムでたたきつづけていた。彼は今、この若者に自分の身の処分がすべて委ねられていることを意識して、いくぶん腹立たしい思いをぐっと押し殺していた。

鉛のように重苦しい時間が流れた。

「ところで、中村さんの年齢をお訊きしてもいいですか？」

「四十五です」

「…わたしと同い年だ」

「まさか。あなたはとても若く見える。まだ二十代かと思った」

「…質問に答えてもらえますか？」

「どんな質問ですか？」

「あなたのような、決してお金に困っているわけでもない、そして社会的にもきちんとした地位を占めておられる方が、どうしてこんな万引きのようなことをしてしまうのか、私は以前から興味を持っていたのです。わずか千円ばかりのマフラーをなぜ黙ってポケットに入れてしまったのか。こう言ってはなんですが、確かに馬鹿げたことでしょう。レジでお金を払うというその簡単な手続きをなぜそれほど面倒に感じるのか。それとも、その簡単な手続の方が馬鹿げたものに感じられるのか。その心理を話してもらえませんか?わたしには、あなたの行動は全く不合理で、理解できないのです」

「すみません。わたしにもそれはわからない」

「わからないでしょうね。あなたは正直な人だ。…どうですか、わたしは規則を破って、万引きを警察に通報しないことにします。その代り、あなたは今日一日、わたしと付き合ってくれませんか?二人でその理由を見つけに行きましょう」

彼は驚きに打たれて、若々しい店長の顔を見つめた。何か非現実的なことが起ころうしているという予感が心をかすめた。

チラチラ点滅していた蛍光灯の一本が、急に消えてしまった。

彼は店長の胸についている「田辺」という名札を見た。

「あなたの名前は?田辺さんでいいのですか?」

「田辺健一です。この洋服店の雇われ店長ですが、お察しのようにそれほど熱心に勤めているわけではないのです。ちょうどお昼の時間ですから、これから出前でも取りましょう。食べたら、二人で出かけることにしましょう」

「出かけるって、どこへ?」

田辺は黙って席を立って、部屋を出ていった。

＊

白い空に、ぼんやりした光の円盤となった太陽が、置き忘れられたように浮かんでいた。かなり強い北風が、足元の茶色い落ち葉を巻き上げていた。街角を行く人々はみな俯き加減に足早に先を急いで歩いていく。その人の流れの中に、中村と田辺もいた。

田辺は店を出ると急に口数が多くなった。田辺は、自分のことを浮き草のような人間だと言った。そして、彼は、言葉にできないような人間の心理に興味があるのだと言った。自分は不合理な行動をする人間が好きであり、そういう人間に出会うと、どうしてもそれを観察しないではいられないのだと、彼は言った。

中村は苦笑した。

「そしてわたしがあなたの網にかかったわけですか」

「網にかかったなんて！ わたしがあなたの弱みにつけ込んでいる、悪い人間だと言いたいわけですか？ いや、その通りだ。あなたの自由を束縛して、わたしについて来いと言っているのですからね」

「別に構わないのです。今日という一日、わたしの方こそ、自分自身を持てあましていたのですからね」

「それはまた、どういう意味ですか？」

中村は返答に窮した。事実を話すのが恥ずかしかった。田辺はそれを察したのか、全く違うことを話し始めるのだった。

「人間のことを、『ホモ・サピエンス』と言いますね。『知恵のある人』という意味です。人間の本質は、『知恵があること』だという人間観を表していると言われています。

でも、本当にそれでいいのでしょうか？むしろ人間は、ときどき自分でもわけのわからないことを言ったり、行動してしまったりするものなのではないでしょうか？それでは、人間は『不合理な存在』なのでしょうか？わたしはそうだと思います。『不合理な存在』、この言葉はマイナスのイメージを伴っていますが、これをプラスのイメージに変換すると、これこそ『創造的』ということになるのではないか。なぜならば、これまでになかったものを生み出すことは『不合理』の力のなすところだからです。

わたしは、人間の本質は『創造すること』にこそあるのではないかと考えているのです。わたしは無学にしてラテン語を知らないので、うまく言えないのですが、『創造する人』とわたしは言いたいのです。今、わたしは無学だと言ったばかりですが、反対に、わたしはうぬぼれてもいるのです。わたしは秘密を知っていると確信しているのです。創造の秘密を。それはなんだと思いますか？」

「わたしにそんな難しいことはわかるわけがないでしょう」

「いや、わかるようになりますよ。それはともかく、創造の秘密は、『自分自身を捨てること』

にあるのです。自分自身を捨てることができた者に、創造の瞬間が訪れるのです。ところが、われわれのようなある程度年を取ってしまった人間にとって『自分自身を捨てる』ことは非常に難しいのです。そんなことをするぐらいなら、創造なんか放り出してしまえと、われわれの無意識がささやきかけてくる。そして、われわれはそのささやきに手もなく従ってしまうものなのです。それに対して若者の自我は、もともと不安定なものですから、若者がいくら自分自身に執着しようとしても、もともと不安定なものは簡単に崩れやすい。だから、若者には、年を取ってしまった者よりも創造のチャンスが多いと思われるのです。でも、われわれだって、自分自身を捨てることができさえすれば、創造の機会は訪れるに違いないのです。人間であることの本質にふれることができるのです。」

「わたしにはその『自分自身を捨てる』ということがよくわからない」

「そうでしょう。誰でも、『自分自身を捨てる』時はほとんど無意識であることが多いのですからね。あなただって、若い頃、何回かは『自分自身を捨てる』機会があったはずですよ。そうに違いない」

「そう言われても…。無意識なんでしょう?」

「そうですよ。ほとんど自然現象ですね。一瞬の輝きです。そして、ほんのわずかの人たちが、もはや若くはなくなってからも、その輝きを維持しつづけるものなのです」

　中村は芒洋とした荒野に迷ったような気分になって、何かにすがるように、周囲を見回した。平凡な街の風景があった。商店街にクリスマスの赤や緑の飾りが多くなって、そこに厚着をした人々が行き交っている風景が。田辺はそんな中村の様子を面白がって観察しているような素振りを見せ、からかうような口調で言った。

「あなたは、わたしがとても若く見えるとおっしゃった。確かにそうかもしれません。ワイルドの小説の主人公であるドリアン・グレイのような秘密が、わたしにはあるのかもしれませんよ。あなたはそれをもっと追究しないのですか？」

「なぜ？あなたの方から話してくれるのなら、もちろん喜んで聞くでしょうが」

「それでは、話しましょうか。実は、わたしのこの若い容貌は、ある地下の街とつながりを持っていることから得られているのです」

じらすように田辺はここで言葉を切ったが、中村の方はむしろ白けていた。ある地下の街だって？もちろん、普通の地下街のことじゃないのだろうな。そんなＳＦか幻想小説みたいなことを言って、おれを煙に巻こうとしているのか。どうも、このからかうような口調が気に食わない。この男は変わっている。変人だ。何が面白くて、このおれを、こんな風に連れ歩いているのか。何が目的なのか。もしかしたら、いかがわしいことと関係があるのかもしれない。万引きの弱みを握られていなかったら、すぐにでも逃げ出すところだが、忌々しい。おれはどうして、あんな馬鹿なことをしてしまったのだろう！

田辺は中村の方を見ないで、続けた。

「その地下の街は、普通の人間は近づいてはいけない場所です。いや、近づくことができないと言った方がいい。わたしや、こう言っても失礼ではないと思いますが、あなたのような、少しおかしな人間のための街なのです。そこを初めて訪れる人間は、みんなあなたのように疑っている。しかし、先にそこを訪れた者に案内されて行ってみると、すっかり魅了されてしまい、ぜひとも自分と同じようなおかしな人間をもっともっと見つけて案内してやりたいと熱心に願うようになるのです。わたし自身が実際そうなんですから。だから、わたしは勤め先の規則に違反して、しかも半日休みを取ってまで、あなたをこれからそこに連れていこうとしているのです。わたしはあの窓もない部屋に座っているあなたを一目見た時から、これはおかしな人間に違いないと直感したものですよ」

「わたしを買いかぶってもらっては困ります。わたしは今日という日までは、ごく平凡に生きてきた人間なんですから」

「ごく平凡に！それはたいしたものだ！わたしたちおかしな人間にとって、この『ごく平凡に』というのが、本当に憧れの対象なんです。あなたは、『買いかぶられた』のではなくて『堕落した』のかも知れませんね。平凡な生活！実にすばらしい」

「からかうのは、やめてください。わたしは、確かにあなたに万引きという弱みを握られている。だからといって、あなたが、わたしの人格を踏みにじっていいというはずはないでしょう。もういいです。いっそのこと、警察にでもなんでも、突き出してください」

田辺は微笑を浮かべ、黙ってしまった。それでも、彼は、中村が自分と一緒に行かざるを得ないのを確信しているかのように振る舞っていた。そして中村も、歯がゆさを感じながらも、田辺と離れることが実際にできないのであった。ちょうど、タバコが体に悪いと知っていてもやめられない人のように、彼は突然自分に降りかかってきたこの「おかしな」経験をすべて味わい尽くさねばすまない気分になっていた。

いつしか二人は通行人の少ない裏通りを歩いていた。昼でも薄暗い、日の差さない、汚い壁のビルが建てこんでいる路地だった。ほとんど廃墟となっているような建物のそばで、田辺は急に立ち止まった。そして、何も言わずに、いきなり中村を突き飛ばした。中村は不意を突かれて、後ろにひっくり返るような形になった。そして歩いてきた時には気が付かなかった、地面に開いていた大きなうつろな穴に、全身落ち込んでいくのがわかった。彼は枝を離れる落ち葉のように、ふわりとした暗い空間の中に、落下していった。その落下をかろうじて意識したが、時間の進みがその瞬間から突然遅くなったようで、彼の頭には、こんな言葉がひらめくのだった。しかしそれは一瞬のことで、すぐに彼の意識には、スイッチを切られたテレビ画面のように何も映らなくなった。

「おれは落ちる。小石のようにではなく、枯葉のように」

*

遠くなった意識が、徐々に明るくなっていった。確かに、落ちはじめてから、かなりの時間が経過しているようだった。つまり、彼は、落ちたら到底、命はないような高さを落下した。それでは自分は死んだのか?そうではないようだ。体のどこにも痛みはないし、血も出ていないようだ。骨も砕けていないようだし、手も足も動かすことができそうだった。彼は試しにてのひらを握ったり開いたりしてみた。そのひかえめな動作に続いて、彼は横たわっている自分の身体を起そうと試みた。やはり何ともない。

急に意識が明確になって、彼はすぐそこに立っている田辺の顔を認めた。

彼は思わず田辺につかみかかりそうになりながら、叫んだ。

「何をする！」

田辺はなおも笑いながら、両手で中村の肩をつかみながら、言った。

「まあ、無理もありません。落ち着いてください。なんともないでしょう。ちょっと驚いただけで。あなたはもう、地下の街にいるのですよ。周りを見てごらんなさい」

彼ら二人は、両側に商店が建ち並んでいる通りにいた。商店の中はいずれも薄暗くて、何を売っているのか、外からはわからない。彼ら二人のほかに誰もいなくて、その妙に静かな空間を、地下街の天井に取り付けられた不思議に柔らかい、薄日に近いと思われる照明が浮かび上がらせていた。中村は思わず訊かずには、いられなかった。

「ここはどこだ？」

「その問いは意味を持ちません。ここはどこでもない場所なんですから」

「そうやって、人を煙に巻くようなことばかり言って。どこでもない場所だって？無意味なことを言うな。自分で、『地下の街』だと言っているくせに」

「だから、ここはあなたやわたしのような『おかしな人間』しか来ることのできない、どこでもない場所なんですよ。大体、『どこ』という概念をちょっと反省してごらんなさい。それは、何かのとなり、どこかの中心、AとBに挟まれた場所、なんでもいいのですが、要するに相対的な概念ですよ。しかし、この地下の街はこの街自体だけで、存在しているのですから、どこでもない場所なんです」

「まだよくわからないな」

「わかることは重要ではありませんね。あなたはもう、ここにいるのですから。店をのぞいてみませんか？普通の店とは違いますけれども」

中村は言われるままに近くの店先を覗いてみた。

ところが、その店の中はからっぽだった。店員の姿も見えない。

「何もない」

「ああ、何もありませんね。あなたはまだ何も『望んでいない』と見える」

「なんだって？」

「ここはあなたが望んでいるものを売る店なんですよ。何も欲しいものはないのですか？」

「そんなはずはない」

「では、望んでごらんなさい」

「そう急に言われても…」

「ほら、ごらんなさい。われわれのように、ある程度年を取ってしまうと、欲しいものがなくなるようですね。正確に言うと、欲しくなるのは、具体的な『もの』ではなくて、抽象的な事実なのです。地位が欲しい、名誉がほしい。あるいは、若い女性の愛を欲しがる方もいらっしゃるかもしれないが、それも『もの』ではない。抽象的な事実ですよ。若者の中にはそれをも『もの』だと勘違いしている輩もいるようですが、滑稽な錯覚ですね。自分では『これは新しい』と悦に入っているのかもしれないが、事実ではなく、錯覚に過ぎないのですから、滑稽と言うほかはない。そのものずばり、金が欲しいとおっしゃる方もいるかもしれない。金も『もの』ではありません。それで、『もの』を買うことができるという抽象的な事実ですよ。紙幣や硬貨という『もの』の形をしているので、この錯覚には若者だけではなく、多くの人がだまされるようですね。

グリムの童話に、こんな話があります[注1]。いとけない兄弟が、『ブタの屠殺ごっこ』をして、兄が弟を殺してしまう。その兄を罰するべきか否か。ある知恵者が言った。金貨とリンゴを並べておいて、兄がどちらを手に取るかで決めれば良い。兄はにこにこ笑いながら、何のためらいもなくリンゴを取った。兄は罰せられなかった。これは、とても示唆的な物語ですね。金貨ではなく、リンゴを取ったことが、殺人を行った兄がまだ『幼い』ことの証明と見なされているわけです。

『もの』か『抽象的な事実』か。若者は『もの』を欲しがる性質を持っています。その性質を徐々に失っていって、われわれは『おとな』になるのです。それはすなわち、『社会』という関係のネットワークに組み入れられて、自分自身、抽象的な存在となることを意味します。

それは同時に、『個性』の剥落も意味するかもしれません。子供は、自分は個性的な存在であると『先天的に』信じているものですよ。もちろんそれを言葉でうまく表すことはまだ出来ないのですが。思春期にある若者がよく『自分の個性』で悩むのは、すなわち、社会のことがだんだんわかってきて、自分自身がどうやら無意識裡に思っていたよりも『個性的な存在』ではないらしいと、気づき始めることにほかならないのです。だんだん社会を知るにつれて、『遼東の豕』を恥じるようになる。悲劇的だとは思いませんか？まあ、現在、われわれの社会は『幼児化』しているので、この悲劇的な色彩もずいぶん薄まってしまい、むしろその反対が悲劇的に見えてきている。人がいつまでも抽象的な存在とはならずに、自分こそは個性的な存在であると信じ切っている。『遼東の豕』を少しは恥じたらどうだと言いたくなってしまいますね。バランスが大事ですよ。ある程度は抽象化されて、しかも、子供の『個性』をも維持しつづけている。そんなのが理想ですかね。難しいかもしれませんが。それを心がけたいものですね」

　よくしゃべるな。中村はただそう感じていた。そして、田辺の言葉をほとんど上の空で聞いていた。田辺はかなり早口にそれを語ったので、ついて行けなかったせいもあった。

「ところで、中村さん。この街の一つの性質を説明しましょう。普通の街では、店はある順番に、空間に並んでいるものですよね。ところが、この街では、あなたがのぞいた順番に、ある性質を持った商店がそこに出現するのです。最初にのぞいた店は、『あなたが今、ほしいものを売る店』です。つまり、この街では、店は空間に並んでいるのではなくて、時間の上に並んでいるのですよ。面白いでしょう？」

「よくわからないな」

「『わかろうとすること』を放棄することですね。そんな分別くさいことは、この街とは無縁ですから…それでは二番目の店に行きますか。覚悟してくださいね。この店は、本当に馬鹿げたものを売っているのだから」

中村はまた、心に、この「おかしな経験」を味わい尽くさずにはいるものかというあの不可解な熱情を感じた。彼はためらいもなく、「本当に馬鹿げたものを売っている」という店に入っていった。その中は薄暗く、はじめの店と同じように、全くのからっぽだった。ただそこには古い椅子が一脚あるだけだった。椅子の上には薄くほこりが積もっていた。

中村は店の空気までほこりくさいような気がしてきた。田辺が言った。

「その椅子に腰掛けてください」

中村はてのひらでほこりを払って、椅子に腰掛けた。思わず、独り言のように、次の言葉が口から出た。

「全く馬鹿げている!薄暗い、誰も居ない、何もない店の中で、こんな風に座っているなんて!正気ではいられない。気がおかしくなりそうだ!」

「落ち着いてください。これからあなたの身体に起こることを、じっくり味わってほしいから、そんなにイライラしないでください。何か、感じますか?」

そう言われた時、中村は激しい空腹感を覚えた。

こんな空腹感は、あの時以来だった。あの時とは、中村が十八の時、大学受験に失敗し、その精神的ストレスのためか、体調を崩した時のことである。彼は激しい下痢に襲われた。病院で大腸の精密検査を受けたが、原因は不明のままだった。彼は入院し、絶食治療を受けることになった。一切の食物を絶ち、水を飲むことしか許されない。一日二本のブドウ糖液の点滴を受けた。三日ほどすると腹の具合は良くなってきたが、それと入れ替わりに空腹感が強くなった。全身にしみわたるような空腹感。自然に心の中で食べることばかりを考えるようになってしまう。点滴で拘束されて、ベッドに横たわりながら彼は、うららかな日光の照らす病室の白い壁を美しいと思った。実際、涙ぐましくなるほどそれは美しく見えた。飢餓状態の中で彼は、「牛の倦怠」とか「退屈な日常」とか、そういう言葉を何か気取った、非現実的なものに感じるようになっていた。

　そのような空腹感が、今、中村に戻ってきたのだった。

「中村さんは感受性が強いのかな、飢餓状態を感じるようになることが早いですね。わたしが三十分ほどかかったものだが、あなたは座るとすぐですからね。

　この店は『飢えを売る店』なんです。売ると言っても、わざわざお金を払ってそんなものを買いにたがる人はいないから、支払う金額は任意ですけどね。店を出る時、この椅子の上に好きなだけの金額を置いていけばいいのです。

　わたしが若く見えるのは、この地下の街とのつながりを持っているからだと言いましたね。

　ここでは、まず最初に『ものを欲する』ことを思い出してもらいます。次に『飢え』をたっぷりと体にしみ込ませる。若返りのステップだと思えば、お安い御用でしょう。なぜ飢えが必要なのでしょうか。パスカルは実に鋭い観察をしています。彼ははっとするような素朴な疑問を、こう投げかける。われわれが眠ったり食べたりすることに飽きないのはなぜか?この疑問の提出は、鋭い。彼は答える。それは眠気や飢えがあるからだ、と。もしそれがなければ、われわれは眠ったり食べたりすることに飽きてしまうだろう。われわれは、そろそろ生きることに飽きはじめているものですから、このへんでたっぷり飢えを体にしみ込ませて、それから再生を図らねばなりません。昔の年寄は、生きることに飽き果てて、満足して死んでいったものだと言いますが、そんな悟りの心境もいいが、わたしたちはまだまだ『飢えて』いなければなりません。中村さんもこの飢餓感に耐えられるだけ耐えてください。そうすれば、『人生の意味への疑問』だの、『生きることのむなしさ』だの、そういう言葉はすべて、非現実的な芝居のセリフのように感じられてくるはずです。さらにうまく行けば、あなたの前に世界の美しさが圧倒的な現実感を持って現れてくるでしょう。もともと、世界の美などというものは、空腹な者たちが見つけたのですからね。まあ、それは冗談ですが、世界の美しさに酔い痴れるなんて経験は、若者の特権だと、思ってしまいがちです。そんなことはありません。不思議なもので、自ら食を絶ち、飢餓状態を作り出すと、世界の美しさが心にしみてくるものです。わたしの場合は、少年の頃から親しんできたバッハやモーツアルトの音楽がこの世のものではないほど美しく感じられて、思わず泣いてしまいましたよ。ただ腹が減っているだけで、すなわち自然現象としての空腹だけではだめで、人工的に飢餓状態を作り出すことが重要なようです。

　パスカルは先の眠気や飢えの文章に続いて、謎めいた言葉を書きつけています。だからわれわれは精神的なものに対する飢えがなかったら、それに退屈する、とね。

　それでは、わたしは一時間ほど街をぶらついてきます。あなたは目を閉じて、飢餓状態のもたらす『美』をたっぷりと堪能してください」

　田辺は中村を一人残して、店を出ていってしまった。

　中村は言われた通りに、目を閉じた。

食物のことばかりが頭に浮かんでくる。それも、美食の思い出ではなく、普段何気なく食べていた、親しみ深い食物のことばかりが。高校時代、学校の帰りによく寄り道したパン屋のこと。彼はそこで毎日のように、コロッケを挟んだパンを買って、食べた。故郷を離れた今、もうあのパン屋へ行くことはなくなったが、今でも営業しているだろうか？あそこは、店の裏で製造して売っていたから、商品はあそこだけのオリジナルだった。あの味が忘れられない。もう一度食べてみたいものだ。それから、妻の作る料理の中でも彼が好きな、野菜や鶏肉などの具をたくさん入れた熱いうどんのことを、彼は思い出した。あるいは、妻と娘は朝食にパンを食べるが、彼だけが頑なに続けているご飯とみそ汁と納豆の朝食のことを思い出した。ご飯はパックに入っていて電子レンジで温めればよいだけのもので、みそ汁もインスタントのものだ。彼が納豆は体にいいからと勧めても、妻と娘は断固として拒否していた。今朝も食べたはずだが、それがずいぶん昔のことのように思える。そう思えるほど、今の空腹感は、圧倒的な存在感があった。

　こんなことをばかり思っていて、中村ははっと気が付き、苦笑した。「世界の美」どころの話ではない。田辺は、はったりを言ったのかもしれない。それとも、自分がもともとこういう俗っぽい人間なのだろうか。そうなのかもしれない。田辺は少年の頃から親しんでいたバッハやモーツアルトの音楽と言っていたが、自分にはそんな素養はない。また、十八の時に感じた、日の光の美しさも、薄暗い店の中では、感じようがなかった。あの感動も、やはり「若さ」のもたらした幻だったのか。今の彼は、もう年を取ってしまったのだろうか。そんな焦燥感に似たものを彼は感じた。だが、それがどうだというのか！

じりじりとした焦燥感の中で、時間ばかりがむなしく過ぎていった。彼は腕時計を見て、もう一時間近く経過していることを知った。もうすぐ田辺が帰ってくるだろう。

彼は耐えられなくなって、椅子から立ち上がった。その瞬間、心に光が差し込むように、幼年時代のある思い出が浮かんだ。子供の彼はときどき、なぜか急に食欲がなくなってしまい、ものを食べられなくなって、母親に手を焼かせることがあった。ある昼下がり、もはや冷たく椀の中でかたまってしまったように見える白い飯を眺めて、彼はいつまでもぐずぐずしていたが、母はそんな彼に対して急に怒りはじめ、頬を一つ平手打ちした。そして、「こんなご飯もたべないような子はいらない」と叫びながら、彼を戸外に放り出したのだった。この時、彼には奇妙なことが起こった。それは後から思い出して奇妙だと思ったのだが、その時は自然なことと受け止められた出来事だった。

彼は見た。醜い泣き顔をして、裸足のまま、家の方に駆け寄っていく自分自身の姿を。自分の前方の、少し上の方から眺めているような映像が彼の心には鮮明に残っていて、足元の小石まで見えるように思えた。それを実際に「見た」のか、それとも、記憶が勝手に偽造した映像なのか。彼はそれを実際に「見た」のであると信じていた。それゆえに、この思い出を彼は誰にも話したことはなかった。

やがて田辺が帰ってきて、「どうでした？」と笑いながら尋ねた。中村は苦笑しながら、こう答えざるを得なかった。

「世界の美どころの話ではない。食べ物のことばかり浮かんできて、閉口した」

「そうですか。飢餓体験を何度か繰り返す必要があるみたいですね。今日のところは先に進みましょう。からっぽの店で、からっぽの腹を抱えていたのでは、全く面白くありませんからね。ところで、あなたはいくらここに払いますか？」

「そうだな、本当は払いたくないが、百円くらいなら」

「ハハハ、飢餓体験を繰り返すうちに、その金額もだんだん多くなっていくでしょう。その椅子の上に置いてください」

彼が財布からコインを出して椅子の上に置くと、いつの間にか、それは見えなくなった。彼は手品を見せられたかと疑ったが、田辺の説明は不可解だった。田辺は「ここの店の主人は目に見えない」と言うのだった。

店を出ると、中村の空腹感は水が引くように消えていった。

「三番目の店は、何を売ってくれるのか？」

「三番目の店は、『仮面の店』です。あなたを別人にしてくれる仮面を貸してくれるのです。そこには、能面のような無表情なものもあれば、鬼の面も、天使の面も、奇抜な化粧をしているような面も、全く特徴のない平凡人の面もあるのです。それを借りて、顔につけることによって、あなたは違う人生を夢に見ることができるのです」

「わたしは今まで、違う人生を生きてみたいと思ったことはない。三番目の店を省略することは出来ないのか?わたしは平凡な人生を生きてきたかもしれないけれども、それがわたしらしかったと思っている。今さら、別の人生と言われても」

「残念ながら出来ません。ものは試しですから、軽い気持ちで体験して見てください」

　確かに、三番目の店に入るとそこには、子供の頃、祭の夜店で見たような台に、さまざまな種類の仮面があふれるばかりに並んでいた。中には歌舞伎の役者のような化粧をしている仮面もあって、中村はふと、朝の電車の中で思った「覚えているかぎりで最初の記憶」との関連を感じて、一瞬、これにしようかとも考えた。だが、田辺は別の仮面を手に取って、それを中村に勧めるのだった。

「あなたにはこれがいいでしょう。初めてですからね」

　それは見るからに嫌らしい悪人の顔だった。

「嫌な表情をしている。わたしに悪人になってみろと言うのか?」

「そうです。初心者用の面です。わたしの見るところでは、あなたはあまりにも『いい人』でありすぎるようです。自らを捨てるためには、全く別人になってみなければいけません。若者は、『他者への憧れ』をたくさん持っていますから、このような幻は必要ありません。そのような憧れはただでさえ不安定な若者の自我をさらに大きく揺さぶりますからね。でも、われわれには、そう、自分をあまりにもいとおしいものと思い過ぎているわれわれには、たまには悪人になった幻も必要なのです」

中村は不承不承に仮面をつけた。その仮面が自分の顔の皮膚に触れた時、彼は軽い寒気を感じたほど、生理的な嫌悪感を持たずにはいられなかった。その嫌悪感が、一瞬彼の意識を遠くしたが、すぐに元の明晰な意識が戻ってきた。…そう思えたのだが、彼はすでに幻の世界に入り込んでいたらしい。いつの間にか、彼の右手には長い鉄の棒が握られていた。「おや」と思ったのも刹那のことで、彼はそれよりも圧倒的に強いある情念が自分の中からわきあがってくるのを感じた。それはかなり抽象的な、漠然とした、しかしものすごく強い情念だった。彼自身はそれが何であるのか、わからなかったが、それは一般的な人間への嫌悪感であった。右手に握った棒がそれを誘発したのか、それとも、そのどす黒い情念が「物質化」したものが右手の凶器だったのか。その一般的な嫌悪感は、容易にすぐ近くに立っている他人である田辺への憎悪に変化した。彼は抑えられぬ憎悪を、生理的な嫌悪感を、田辺に感じた。確かに万引きをしてしまったという弱みを田辺に握られている、その事実が、彼の最後の良心を吹き飛ばしてしまった。彼は長い鉄の棒を振り上げて、それでほとんど無抵抗な田辺を滅多打ちにした。田辺の額が割れて鮮血がほとばしると、彼は動物的な興奮の渦に巻き込まれてしまって、とうとう田辺を打ち倒し、動かなくなるまで、暴力を振るうことをやめなかった。

「殺してしまった」。動物的な興奮がいくぶんおさまった後、彼の中から出てきた人間の証、すなわち言葉は、そのようなものだった。

冷血。そういう言葉があるが、彼の体の中に、「冷たい血」が流れていたのかもしれない。

彼がその次に考えたのは、この殺人をいかにして隠蔽するかということだった。この静かで緻密でゆっくりと流れる悪意は、彼の体に残っていた最後の人間らしいぬくもりも消してしまうかのようだった…。

悪夢が自然に眠りの中に吸収されていくように。彼の意識は遠くなっていった。

気が付くと、悪人の仮面は田辺の手にあって、彼は床に倒れていた。田辺が言った。

「どうしましたか？気を失ってしまったようなので、わたしはあわてて、この仮面を取り外したのですが、とても悪い夢を見たようですね」

「夢？そうだ、夢だ。もうたくさんだ、胸が悪い」

「でも、せっかくですから、もう一つ試して見ませんか。今度はこれ、女性の仮面です。これも初心者用です。今度は悪夢ではないでしょう」

「いや、もういいです。ここを出ましょう。本当に気分が悪い」

中村の顔色は青ざめていた。田辺は残念そうに女性の仮面を台にもどした。

「それでは、料金を。一律千円となっています」

彼は早くここを出たい一心で、財布から紙幣を一枚取り出すと、それを台の上に放り投げて店から駆け出た。目の前に暗い幕がかかっているような、ぼんやりとした意識だった。

「中村さん！中村さん！」

背後で田辺の声がする。穴蔵の中から聞こえてくるような遠い声に感じられた。

「どうしたんですか？あなたの払ったのは一万円札ですよ。おつり！おつり！」

彼は田辺から九千円を受け取った。彼はそれが何か不可解に思えた。

「店の者がいたのか？わたしは気が付かなかったが」

「この地下の街自体が夢でも幻でもないという証拠ですよ。あなたはしっかり料金を払わなければいけない。カネというと、日本人の伝統的な心性からは軽く見られることも多いが、よく考えてみれば、わたしたちが現実の社会とつながっている一筋の糸がこのカネではないか。現代では、このカネという存在は、かなり『幻想的』になってきています。いや、もしかすると、いつの時代もそうだったのかもしれませんけれども。金持ちであるほど、際限もなくカネを欲しがるのはなぜでしょう？それはカネという存在が幻想的な性格を帯びているからにほかなりません。それはタマムシの羽根の色のように、見る角度や光線の具合によって、緑色に見えたり紫色に見えたりするのでしょう。遠い虹を追うように、人はそれを追いかける。決してつかまるわけではないのに。ただの幻ですからね。さて、現在わたしたちは『消費者』あるいは『納税者』という立場で、このカネによって現実の社会につながれているのです。前にも言ったように、カネは『もの』ではありません。ある社会的効用を持つ、抽象的な『事実』ですよ。それでは、現実の社会は『もの』なのでしょうか、それともこれも抽象的な『事実』なのでしょうか。もし『もの』だったらわたしたちはそれに触れることも出来るし、物質的な存在の手ごたえを感じることも出来るでしょう。もし、抽象的な『事実』であるなら、いくら社会社会と口をすっぱくして繰り返したところで、やっぱり遠い虹を追いかけるようなものでしょうね。抽象的な『事実』に過ぎないものを、『もの』の比喩によって語る習慣が、われわれにはありはしないでしょうか？カネが幻ならば、もしかすると、現実の社会だと思っているものも、幻なのかもしれませんね。わたしは、アナーキストですか？わたしは、危険な思想を披露したのでしょうか？自分ではそんな気は少しもなくて、そう思われるのは迷惑なんですが」

「わたしには難しいことはよくわからない。もう勘弁してほしいね」

「あなたもすぐ、こんな風におしゃべりになりますよ。若々しい血がその体にめぐるようになればね。あなたは、本当に『いい人』すぎるな」

「もしあなたのように理屈っぽくなってしまうのなら、若返るのも考えものだ」

「もちろん、そういう考えもあります。もう一度若返らせてくれると言っても、辞退なさる方もきっとおられる。あんな苦しかった時代はなかったと言ってね」

「四番目の店は？今度は少しはましなものがあるのだろうね」

「四番目の店は、箱庭の店です。あなたはそこで、小さな世界を作り出すのです。もちろんただの箱庭ではない。それは、生きているのです。あなたは小さな新世界の創造者になる。その世界をどのように変えようが、破壊してしまおうが、あなたの心次第です。あなたは、自分の手で、世界を変えることができるのです。心理的な箱庭を現実世界の中に作り出して、それを思うままに壊したりしているのは、よく見られる情景ですよ。それは不愉快なことです。こんな人に会ってしまったら、不運としか言いようがありませんね」

　四番目の店には、おもちゃ屋かと錯覚させるほど、動物や樹木や家や車や草花などの小さなフィギュアがたくさん並べられていた。店主と思われる顔が灰色の陰気な老人が「いらっしゃいませ」と挨拶した。田辺は常連らしく慣れた口調で言った。

「この人に箱を一つ。初めてなんだ」
老人は無言のまま、奥から、木の箱を運んできた。縦七十センチ、横五十センチほどの長方形の箱だ。底には白い砂が敷かれていた。中村はその箱を受け取って、無意識に白い砂を手で撫でてみた。すると、箱の底に塗られていた、鮮やかな水色が現れた。

店先には、テーブルと椅子が用意されていた。中村と田辺はそこに腰掛けて、テーブルの真ん中に箱を置いた。老人は二人に緑茶を入れてきてくれた。無口な老人だった。その動作も少しの物音も立てずに、まるで風のように軽やかだった。

中村は箱の中心に現れた鮮やかな水色が印象的だったので、それを生かして、水辺の風景を作ろうと思った。彼は中心の湖の周りに、樹木のフィギュアをいくつか並べ、子犬を連れて散歩する人や、ベンチで休んでいる人や、ジョギングに汗を流す人を配した。中央から掻き寄せられた砂で、小さな丘ができた。その上には、画架を立てて絵を描いている人がいる。湖にはいくつかのボートが浮かび、水辺で小石を投げて遊んでいる子供もいた。

彼の目の迷いか、子供の投げた石が、鋭く水を切って、湖面を跳ねていくように思えた。いや、目の迷いではない。子供は繰り返し繰り返し腕を振って、小石を投げていた。子犬は飼い主の足元でじゃれているし、ジョギングする人はときどき湖の方を見ては足を速めていた。丘の上で絵を描いている人の小さな小さな絵筆は、細かく動きつづけて、米粒を三つ並べたほどの画布をある色彩で染めていった。樹木の一枚一枚の葉も生きているかのようにそよいでいた。湖の波がベンチで休む人のすぐそばまで来て、引き返していった。彼は思わずため息をついた。独り言が出た。

「なんて幻想的なんだ」

「それは、あなたの作った世界ですよ。あなたらしい穏やかな世界ですね。さあ、その世界をどんな風に変化させますか？ここからが面白いところですよ」

「このままでいい。壊すのは惜しい。わたしは気に入ったから」

「いや、それではいけない。あなたは自分自身を愛し過ぎていますね」

「お節介はやめてくれ、わたしはわたしらしい。それで十分だ」

中村が言い終わらないうちに、田辺は全く場違いな猛獣のフィギュアを箱庭の中に置いてしまった。それはしなやかな斑点のある体を走らせて、小石を投げていた子供を襲った。彼が「あっ」と叫ぶ間に、子供の体から流れる鮮血が湖水に赤く流れ出していた。

「なんて事をするんだ！」

中村はヒョウのフィギュアをつまみ出そうとしたが、足が速く、容易には捕まらなかった。彼は腹を立てて、箱庭全体をひっくり返してしまった。

箱庭の幻は消え、白い砂と命を失った小さな人形が、テーブルの上に散乱した。中村は心底怒っていた。もう田辺には付き合いきれないと思った。田辺は相変わらずその若々しい顔に微笑を浮かべて、何もなかったように中村を見つめていた。

「田辺さんに一つ質問したいことがある」

「なんですか？そんな風に改まって」

「あなたは確かに若々しい人だ。そして、その秘密をわたしにもわけてくれると言うのだが、一体、若々しくあることの意義はなんですか？わたしは今のままで十分だ」

「意義なんて分別くさいことを言いはじめた時点で、もうそれは生命を失っている証拠です。若々しい生命は、自分自身で輝く恒星のようなもので、『意義』とやらを後生大事に守っているのは、自分では輝くことができず、恒星の周りを回っている惑星のようなものですよ。もちろん、どちらが優れているなんてことは言いません。でも、あなたはもう、『恒星』になりたいという気持ちはないのですか？」

「ありません。もう、地上の世界に帰してもらいたい。ここは、わたしの性に合わないから。わたしは、あなたが買いかぶっているほど、『おかしな人間』ではなかったということだ。わたしは平凡な人生を送りたい。それが性に合っている」

田辺は無表情な顔で聞いていた。店の老人がテーブルの上を片付けて、

「お帰りですか。料金は五千円になりますが」と言った。

中村はテーブルの上に紙幣を投げだした。そして無言で外に出た。

「残念だな。店はまだまだたくさんあるのに」

田辺の声が背後で聞こえた。中村は振り返って、

「帰りましょう。もういいでしょう。あなたの好奇心は、もう満足したでしょう」

「帰ってもいいが、その帰り方が変わっているので、大丈夫かな」

「何が？」

「あなたは少しもここを楽しみませんでしたね。もう少し楽しんでくれれば違う帰り方もあったのですが、仕方がない。飛び込んでもらうしかありません」

「飛び込むって、どこへ？」

「この街の中心に、底なしの大きな穴が開いているのです。そこに飛び込んでもらいます」

「脅かしているのか？」

「本当です。そこへ行きましょう」

田辺は商店の並んでいる通りを真っ直ぐに進んでいった。中村はそのあとについていった。しばらく歩くと、店はなくなり、草も生えないような荒涼たる平地ばかりになった。

やがて目の前に、うつろな黒い大穴が口を開けているのが見えた。

「さあ、ここに飛び込んでください。地上に帰れますよ」

「冗談だろう！そんなことができるものか」

「いいえ、出来ますとも。この穴の縁に立って、じっと自分自身の心の声に耳を澄ませてください。『さあ、今だ！』という声が必ず聞こえます。その瞬間に飛び込めば、あなたは少しの生命の危険もなく、地上の世界に帰れますよ」

田辺はこれだけ言うと、背を向けて、歩きはじめた。

「どこへ行く？」

「わたしはもう少しこの街を楽しんで、そしてもっと安全な方法で地上に帰ります」

彼は田辺のあとを追うことは出来なかった。意地でもそうしたくなかった。

田辺の後ろ姿が荒野の彼方に消えてしまうと、彼はもう、大穴に向き合うしかなかった。十分。二十分。三十分。時間が虚しく過ぎる。彼の全身は冷や汗で冷たくなっていた。どこか、荒野の遠くで、銃声のようなものが聞こえた。初めは空耳かとも思えたが、二度三度とそれは繰り返されるたびに、その現実感は強まっていった。

彼の心の声が、

「さあ、今だ！」

と叫んだように感じられた。

彼は底なしの暗い穴の中に飛び込んだ。

彼はいつまでも落ちつづけた。無限の落下だった。

加速していく落下に、彼の目は、くらんだ。何も思えなくなった。

彼は暗闇の中を、いつまでも落ちつづけた。

注1　子供が別の子供を殺すという残酷性から、第二版以降では削除されています。編者

クラブ・カフカへようこそ

2018. 11. 6
モンサラーシュ・ポルトガル

中年以降の男は、時には、孤独に親しむべきである。そうでないと、俗っぽくなっていけないから。

若いということは、それだけで、ひとつの「詩」であった。中年以降の男であっても、いつまでも、若々しくあることは出来る。それもひとつの解決策である。それができる人は、幸運である。ということは、すべての人にできることではない。

俗っぽくなり過ぎないための、もう一つの解決策が、孤独に親しむことである。もしかしたら、これも、すべての人にできることではないのかもしれない。しかし、たまには、静かに本でも読んでみたら、どうだろう。あるいは、一人で散策してみたり、山に登ってみたりしたら、どうだろう。孤独とは、必ずしも、孤独を意識することではない。

中村文夫は、四十六歳の勤め人である。妻と高校二年生の娘がいる。

彼は四十才を過ぎた頃から、努めて、「若者の感傷」を振り捨てようとした。自分には、そういうところがあると自覚していたからである。つまり、彼は、意識して、より「俗っぽく」なろうと努力していたのである。

彼は、パスカルを引用しながら、娘に愛を語るようなところがあった。

「人を愛するのにも、『知性』が必要なのだよ」と言っていた。

知性と聞いて、高校二年生の琴美は、テストの苦しさを思い出して顔をしかめた。

試験で自分が「格付け」されてしまうように、愛においても、そんな選別が存在していることが許せなかった。娘はたどたどしい言葉で、自分の気持ちを表した。そんなの許せないと、二度繰り返した。

「それは、琴美の誤解だ。ここで言う知性とは、テストで良い点を取るためのものではない。いいかい、パスカルはこんなことを言っている。人は精神が豊かになればなるほど、独特な人間がいっそう多くいることに気が付くと。精神的に貧しい人は、人々の間に違いがあることに気付くことができないものだと。人を愛するには、その人がその人独特であることを心で感じなければならないが、それは、精神が豊かでないとできないと、パスカルは言っている。そういう意味での知性のことだよ」

ところが、娘は、「パスカル」と聞いただけで、理科の時間で習った「パスカルの原理」や、気圧を表す単位である「ヘクトパスカル」を思い出して、またもや試験を連想して、それだけで、もう聞く気がないのであった。彼女は皮肉を込めて
「パパはどうして、昔の偉い人のことを、自分の知り合いみたいに話すの？」と言った。

「昔の偉い人か。確かにそうだが、わたしは、そういう感覚が嫌いだ。実に権威主義的だ。どんなに偉くても、わたしは、パスカルを愛している。その愛を素直に表明しているだけなのだ。どこも、おかしいことではない」

琴美はもうばかばかしくなって、何も言えなかった。会ったこともない、声を聞いたこともない人を、どうして、愛しているなどと言えるのだろう。

娘のしらけた様子を見て、彼は自らの孤独を感じた。

中年以降の男は、時には、孤独に親しむべきである。中村文夫は、期せずして、自らの孤独を

感じていた。彼のように、「語る勇気」のない者は、この孤独を感じなくても済むだろう。しかし、それによって、失うものもあることを知るべきである。

娘は、まだ若すぎるのかもしれない。それでは、彼は妻と語ることはできただろうか。

妻は理系の出身で、彼がパスカルの警句を引用すると、必ず、その「論拠」を説明するように求めるのだった。

「なぜ、精神が豊かだと、独自の人間が多くいることがわかるの？」

彼は、はっとして黙ってしまう。おそらく、パスカルは、自らの精神が観察したことを素直に表現しただけなのであって、その観察を、彼自身の経験も支持していた。だから、その論拠など考えたこともない。彼自身の経験とは、どんなものか。それは、妻には言いにくいことだった。彼の思うところでは、女性の、内面的な性格にまで注意すると、外面を眺めているだけでは感じることのできない、女性自身の独自の美しさをいっそう多く感じることができるのだった。

彼は百貨店の紳士服売り場の主任だった。

パスカルを引用しながら愛を語る自分と、普段の紳士服売り場の主任の自分とを心の中で比べてみる時、彼はしばしば不思議に感じていた。それぞれ別人のようにも思えたからである。主任の自分は、ある役割を演じている自分だった。それも、確かに自分ではあった。が、パスカルを引用して愛を語る自分は昔からの自分自身であるのに対して、主任の自分はある時期から、身につけたものだ。背広とネクタイが彼の社会的なユニフォームであるように、社会に向けての「公的」な自分自身とでも言ったら、いいだろうか。

だから、彼は職場の仲間に向かって、パスカルを語ったりすることはなかった。

彼は、心の中で、「公的」な自分を「Ａ」、昔からの自分を「Ｂ」と名付けてみた。今の生活では、主役を演じているのはＡだ。だから、最近、Ａが昔からのＢを徐々に浸食してくるような感じがあった。それも、仕方がないのかもしれない。

彼が、「若者の感傷」を振り捨てなければならないと思うのも、一種の「負け惜しみ」なのかもしれなかった。

*

今年は例年よりも早く桜が咲いた。店が終わってから、職場の仲間と、Ｓ池公園の夜桜を見に行った。午後十時までライトアップされているしだれ桜の下を皆で歩いた。桜はあでやかであったが、意外に夜風が冷たかった。酒盛りをしている学生たちは元気だったが、それを見ながら、あのような本格的な「花見」を計画しなくてよかったと、中村文夫は思った。ここで冷たいビールなど飲んだら、体の芯から冷えてしまいそうだった。

若い者は適当にカップルになり散り散りになった。全員である程度歩いたら、解散は任意と決めておいたから、中村はもう家に帰ろうと思った。

明るくライトアップされている桜の並木を離れて、中村は暗い公園の出口に向かって一人で歩いていった。

「なかむらさあん」

妙に引き伸ばされた声で、呼びかける者がいる。一瞬、誰の声だろうと思ったが、きっと重田だろうと見当をつけた。彼は職場の中の小さな派閥のリーダーを気取っている男で、中村を自分の派閥の「シンパ」にしようと、しばしば飲みに誘ってきた。あいにくなことに、中村は外では酒をあまり飲まなかったから、それを理由に二回に一回は断っていた。今夜もまた、面倒なお誘いだな、と中村は少し眉間にしわを寄せた。

中村は立ち止まって、振り向いて、重田が近づくのを待とうとした。

その時だった。

中村の斜め後ろから、人影が不意に現れて、彼の顔を覗き込むようにしながら、通り過ぎていった。薄黒い中でも、その顔ははっきりわかった。

中村は驚きに打たれていた。なぜなら、その男の顔は、自分と瓜二つだったから。

瓜二つの男は、明らかに、それを中村に意識させようとして、近づいてきたのだ。ただの邂逅ではなかった。誰だろう？そして、何のために？

ようやく重田が中村に追いついた。

「中村さん、もうお帰りですか。愛妻家はこれだから、参ってしまう。いつものように、烏龍茶でよいので、乾杯しましょうよ」

「悪いが、今夜は、ちょっと用事があるので」

中村はそんな気分になれなかった。重田は苦笑とも、追従笑いともとれる笑みを浮かべて、「それでは、またの機会に」と、あっさり引き下がっていった。

中村は、暗い公園の出口に向かいながら、うつむいて考えた。

「ドッペルゲンガー」という言葉がある。その言葉は知ってはいたが、今夜、自分が見たものが、それなのだろうか?自分の姿を目にする幻覚現象、もしくはその自己像をドッペルゲンガーと言うが、それは死の予兆であるとの言い伝えもあるそうだ。

死の予兆?まさか。

公園を出て、暗い夜道をバス停に向かって歩きながら、中村は、来るものなら、いずれ来るだろうとぼんやり思った。何が?ドッペルゲンガーが?それとも?

*

翌日になると、中村は不吉な予感のことなどすっかり忘れてしまい、いつもと変わらない日常の流れの中に首までどっぷり漬かってしまった。

中村の職場の人間関係は、表面上は平穏だったが、詳しく立ち入ってみれば、いろいろな面倒が起こっていることを、彼は知っていた。例えば、一人の女性をめぐって、二人の男が愛情を争っていた。ありふれた三角関係だった。昨夜の「夜桜散策」でも、三人は表面上は仲良くやっていたようだ。中村は部下の個人的な内面にまで踏み込みたくなかった。若い頃はもちろん、恋愛は彼にとっても重大な問題に見えたものだが、今は、やや皮肉な見方をすることに慣れてしまっていた。三角関係の渦中にいる女性にしても、実際はそれを迷惑に感じていて、ふっと、三人目か、四人目の男性と結婚してしまうかもしれないのだ。

　現代生活における、恋愛の滑稽なほどの重要性を、中村は冷ややかに眺めていた。恋愛など、人生における、ささやかな悲喜劇で十分であった。

　恋愛はまだ良かった。それは確かに、ばかげているが、「かわいげ」がある。「かわいげ」も何もない、ただ醜悪にしか思えないものが、職場の中の小さな派閥争いだ。

　中村を「シンパ」にしようと躍起になっている重田のグループと、ネクタイ売り場のベテラン女性販売員の荻野のグループとで、一種の「冷戦」が起こっていた。両方が、他方よりも上位に立とうとして、争っていた。二つのグループの「戦略」は異なっていた。重田のグループは主任である中村を取り込もうとし、荻野のグループは一種独特の戦法でこれに対抗していた。荻野は、若い同僚たちに、気前よく「恩を売った」。これによって、荻野は表面上は、職場における「面倒見の良いおばさん」になっているのだが、「恩を売られた」若い同僚たちは、すぐにそれを後悔するようになった。なぜなら、荻野は彼ら彼女らにある権力を振るうようになって、いずれ、荻野個人の私利私欲のために努力させられる羽目になってしまうからである。この戦略によって、荻野のグループは次第に拡大していった。

　中村はどちらのグループにもくみせず、中立のつもりだった。重田はそれを認めたが、荻野にとっては、自分の仲間ではない者は敵同然であった。荻野は中村のことを、「無能な男」と陰口をたたいた。中村の無能の証拠とは、こんなに有能な、こんなに素晴らしい、荻野時子という人間を認めないことである。

中村は恋愛を笑った。その点では、もう若者とは違っていた。一方で、派閥争いなど醜悪なだけだと感じた。その点では、まだ青臭かった。誰でも、心がみずみずしさを失うと、権力争い、「力への意志」しか楽しみが無くなるものだ。その「力」とやらが、どんなにちっぽけなものであっても。ドストエフスキーの初期の作品に、貧困のうちに死んだと思われた老人の遺品の中から多額の金銭が出てくる話がある。死蔵された金銭は無用の長物だったが、この老人にとっては「力」の象徴だったのだろう。

しかし、この世のどんな独裁者でも、この老人と五十歩百歩に思える。なぜなら、死んでしまえば、どのような絶大なる権力も、無用の長物であるから。

年長者は恋愛を笑い、若者は権力を笑うのかもしれない。

中村は、その両方を笑っていた。

*

四月の後半だというのに、異常に寒い日曜日だった。昼休みにちらりと見たテレビには、東北地方の、桜の花の上に雪が降っている風景が映っていた。

仕事を終えた中村は、忙しかった一日にぐったりしながら、家路についていた。

明るい商店街の中を、バス停に向かって歩いていた。

彼は自動車免許を持っていたのだが、休日にしか運転しなかった。それも家族サービスのためで、自分の用事で車を動かすことは、ほとんどなかった。彼は子供のように、バスや電車に乗るのが好きだった。その「好き嫌い」を日常で貫いていた。もちろん、彼は、自動車で動いた方がすっと効率的であることは、わかっていた。

街の本屋の明るい光が歩道にこぼれ落ちていた。光に誘われる羽虫のように、ふと、中村は本屋の中に入ってみたくなった。最近、自分は日常の雑事に埋没している。だから、本をゆっくり読んでいる時間もなかったが、人間は、ふとした気紛れに襲われることもある。別に欲しい本もなかったが、中村は書店にふらりと入っていった。

が、入った途端、店内に充満しているおびただしい書物の姿に、一瞬、眩暈のようなものを感じた。中村は思った。きっと自分は疲れているのだと。ほとんど無意識に、店内をうろつき回り、文庫本が並んでいるコーナーに来た。海外の文学のようだったが、彼はその背文字を読むこともせずに、ただ、ぼんやりと眺めつづけていた。

ああ、何という、膨大な言葉、言葉、言葉なのだろう！

「中村さん、カフカを知っていますか？」

誰かが、彼に話しかけた。

自分をなれなれしく呼ぶのは、誰だろう？と中村は反射的にその方を見た。そして、そこに自分と瓜二つの男がいるのがわかった。

「この前、夜のS池公園でも会いましたね。あでやかでなまめかしいしだれ桜の下で、自分の分身と出会った気分はいかがでしたか？私はあなたです。私も中村文夫です。それでは紛らわしいと言うのなら、私のことはNと呼んでください。私はあなたのコピーではありませんよ。逆にあなたが、私のコピーなのかもしれない」

「そんなことは、あり得ない。あなたは、ただの、私によく似ている人だ。悪ふざけはよしてください。いったい、何が目的なんだ？」

「あなたは、人生の目的を言うことができますか？」

「何を、いきなり。そんなこと…」

「人生の目的なんて、そんなのは、言葉の上での遊戯に過ぎません。なぜなら、人生の目的を果たしてしまったら、あなたは死ぬのですか。『死』と対置してこそ、『人生の目的』という言葉は有意義になる。ゆえに、それは、『死』と等価である。私は今のところ、『生』にしか関心がありません」

「わかったよ。あなたは、とても、口が上手だ」

Nは書棚に並んだ文庫本の中から、一冊を抜き出した。

「カフカの『審判』という小説です。ご存じですか？」

「カフカは、『変身』なら読んだことがある。それは知らないな」

「ヨーゼフ・Kという平凡な銀行員が、何も悪いことをしていないのに、ある朝、突然、逮捕されてしまう話です。Kは『誤解』を解こうと努力しますが、結局、死刑になってしまう。このストーリーは、ナチスによるユダヤ人迫害などと関連づけられて有名になりました。しかし、私たちはもっと有名な、罪なくして死刑になった人の物語を知っています。そう、イエス・キリストの聖なる物語です。ヨーゼフ・Kの話は、聖なる物語の、現代という俗悪な時代における生まれ変わり、転身なのです。

フランツ・カフカは、二十世紀における、最も宗教的な作家でした。

あなたは、カフカの『変身』は知っていると言いました。これは、ゴレゴール・ザムザというセールスマンが、ある朝、不吉な夢から眼覚めると、巨大な虫に変身していたという話です。変身とは、本来、宗教的な主題です。結婚式や葬式などが、宗教的な形式で行われるのは、なぜでしょう?それは、ある個人の『変身』を記念するためなのです。宗教の本質が、『変身』と深いところでつながっているからこそ、こうしたことが当たり前のように行われているのです。カフカはここでも、『変身』の主題を即物的に、それゆえにかえって不気味に描き出しています。つまり、この物語もまた、宗教的なものの、現代という俗悪なる時代における生まれ変わり、転身であるのです」

「なるほど…いや、それは、初めて聞く。あなたの言うことが正しいのかどうか、私には、わからない」

「誰か、偉い人が言っていることならば、正しいと『わかる』のですか?なんという権威主義だ!あなたは、確か、権威主義が大嫌いでしたね?」

その通りだった。中村は言葉に詰まって、黙ってしまった。「偉い人」が言おうと、子供が言おうと、正しいことは正しい。1+1=2のように正しい。世の中すべてがそんな風に明るく透明になったならば、どんなに良いだろうと、中村はいつも思っていた。彼は、理屈はどうにでも付けることができる、言葉はどのようにでも飾り立てることができるという世の中の風潮を、苦々しく思っていた。それは、彼が嫌悪する、権威主義の温床となるものだった。なぜなら、理屈は正しいかどうかで判断されることなく、自分に都合がいいようにどうにでもできるものならば、誰でも権威にすがりたくなるだろうから。彼は、権威主義を嫌悪していると自覚していたが、その自分も、権威主義に知らず知らずのうちに毒されているとは！Nはそんな彼の内心を見透かしていた。

「がっかりすることはありません。自分の頭で考えることは難しい。一生かかって、身に着けることなのかもしれません」

この時、なぜか、ドッペルゲンガーを見ることは死の予兆であるという言い伝えが、中村の脳裏をかすめた。心の中が急に熱くなった。

「あなたは、誰だ？なぜ、私の前に現れたのだ？」

「そんな、死神を見るような目で、私を見ないでください。さっき言った通り、カフカの『審判』も『変身』も、宗教的な物語の、俗悪なる現代という時代における生まれ変わりです。カフカという人は、生まれ変わりにこだわったのかもしれませんね」

「カフカとなんの関係がある？」

「カフカのもう一つの長編小説『城』は、測量士として『城』に雇われてKは雪深い村にやってきます。ところが、いつまでたっても、Kは『城』に行くことが出来ないし、仕事が始まる気配もない。雑然と混乱していて、無意味にも見える日常だけが、継続していく。この雑然とした生活を長々と書いて、未完に終わったのが『城』という作品です。私の感想を正直に言いましょう。カフカの小説は、主題はとても面白いのですが、小説自体は、読んでもあまり面白くないと、私は感じます。『城』も、『審判』も、『変身』もです。きっと、現実そのもののように、『土足の匂い』がするからでしょう。『現実はいつも土足の匂いがする』とは、ドストエフスキーの言葉です。さて、私は、『城』という作品は、若者が社会に出ることを寓意的に描いている。と解釈します。若者は、ある期待を持って社会人となるのですが、『土足の匂いのする』日常にすぐに嫌気がさしてしまう。『こんなはずじゃなかった』と思う。Kは村の人に測量士であることをなかなか信じてもらえないのです。それと同様に、若者はある期待を抱いていて、自分はその期待を実現するだろうと信じている、ところが、世の中の人は、いつもと同じ若造がまたやって来て、すぐに年老いていくだろうとしか思っていない。若者は日常に疲れ果てて、かつて期待したような『城』に到達することが、どうしてもできない。人の生活なんてそんなものだ。とカフカの皮肉な笑顔が見えるようです。この物語も、実に皮肉な意味での『生まれ変わり』なのかもしれません。Kは村の生活にすっかり疲れ果ててしまうのですが、それと同じように、中村さん、あなたも、そろそろ、疲れ始めているのではありませんか?」

「確かに。疲れている」

そう言ってしまってから、中村は、どういう意味で言ったのだろうと考えてしまった。今日仕事が忙しかったから疲れたのか、それとも人生そのものに疲れてしまったのか。自分は前者の意味で言ったようである。しかし、Nは後者の意味で取るだろう。なんだか、詐欺に引っかかったような気分だ。

「私は誰でしょう？　それは、あなたが、私と出会ったことによって、どう変わっていくかで、わかります。あなたは、今、生まれ変わろうとしているのかもしれませんよ。それは、平穏な日常そのままとは、いかないかもしれません。ヨーゼフ・Kのように罪人にされてしまったり、ゴレゴール・ザムザのように巨大な毒虫に変身してしまったり、測量士のKのように疲れ果ててしまうかもしれません」

Nはこれだけ言うと、背を向けて、行ってしまった。取り残された中村は、ぼんやりと、右手で持っている文庫本の表紙を見ていた。カフカの「審判」。無実な人間が死刑になってしまう話。中村は、心の中で、「とても読む気がしない」と言って、それを書棚に戻した。彼は、「ああ、なんで本屋なんかに入ったのだろう！」と後悔した。

「いや、そうではない。なんで、『あいつ』に出会ってしまったのだろう」

小声で彼はそう言っていた。

*

中村の妻、真琴は、夫がこの頃イライラしがちであることに気がついていた。

普段は大きな声など出したこともない人なのに、些細なことで、怒鳴るようになった。今朝も、娘がテニス部の朝の練習に行くと言って、朝食を食べないことを咎め立てして、大きな声を出した。娘はふくれっ面で口答えした。

「だって、ご飯を食べて行ったら、気持ち悪くなっちゃう」

「健康に悪い。そんな部活なら、やめてしまえ」

真琴が機転を利かせて、娘にサンドイッチを持たせることで、その場は収まった。

娘の琴美が「行ってきます」も言わずに出かけた後、真琴は何気なく聞いてみた。

「最近、何か、あったの？」

夫は聞こえない振りをした。こんな意地の悪い年寄りじみたことをする人じゃなかったのに。ただ単に、年を取ったのかしら。真琴はぼんやり、若い頃のことを思い出していた。娘が生まれた時、「琴美」という名前を決めたのは夫である。自分と同じ「琴」の漢字が入っていることに、真琴はなぜか遠慮のようなものを感じた。夫は言い訳のように、「男の子だったら『文』の字を入れようと思っていた」と言った。

つまり、朝の食卓で夫婦は黙りがちになっていた。

テレビの画面だけが虚しく輝いていた。やばいな。わたしまでイライラしてきた。

ある小気味よさを感じながら、真琴は心の中で「やばい」と繰り返していた。結婚前、真琴が「やばい」と口にすると、中村は必ず「きれいな言葉ではないよ」と注意した。中村は語源まで説明して、「それは盗賊などが身辺が危ないという意味で使った『やば』という隠語が形容詞化したものだ。だから、良い言葉ではない」と話した。その当時は変なことにこだわる人だと、ただおかしかったが、今考えると、妙にお上品ぶっていて、憎たらしかった。
それに、中村はいつも、「君は理系の女だ」と言った。そうですとも、わたしはお上品なんかじゃありませんから。文系の夫と理系の妻、娘はどちらにも似ていなくて、体育会系。よくできたものだ。理系と体育会系は共鳴するところが多かったが、文系はどうしても、浮いていた。娘と妻はいつも、父親・夫の「気取り」を笑っていた。もちろん、彼は「気取り」と言われることは、心外だった。

中村が出かける時、真琴は少しためらいがちに

「今夜も、遅いの？」と聞いた。

「ああ、最近、重田がうるさく誘ってくるんだ。いっそのこと、あいつの派閥に肩入れしてやろうかとも思ってしまう。まあ、それも嫌だが」

真琴はまだ何か言いたそうな顔をしていたが、中村はそれを聞きたくないかのように、急いで玄関を出ていった。

一人になった時、中村は

「ああ、また、嘘をついてしまったな」と後悔した。しかし、嘘をつかないわけにはいかなかった。

粘着テープの糊の上に少しずつ、少しずつ埃がたまっていく。そうして、ついに、粘着テープは、張り付かなくなってしまう。こんな気がする。「埃」とは、中村のつく嘘であり、「粘着テープの糊」とは、家族の感情的なつながりである。

このところ、中村が毎晩遅くなっているのは、重田のせいではなかった。

「クラブ・カフカ」という奇妙な名前の店に通いつめていた。

書店で自分の分身に会った後、中村は家に帰る気がしなくて、夜の街を当てもなく、さまよい歩いた。いつの間にか、小さな酒場が並んでいる暗い路地に迷い込んで、そこで、この店を見つけたのだ。灰色の壁に、半分枯れた蔦のような植物が這い上がっている、陰気な店だった。

「クラブ・カフカ」

小さな明かりがその文字を夜の中に浮かび出させていた。中村は、分身が語ったカフカの話との暗合を感じて、入口で少々躊躇ったが、結局中に入らずにはいられなかった。

そこで、彼は、奇妙な人たちと知り合いになった。

*

初めて「クラブ・カフカ」に入った時、普通の酒場のような享楽的な雰囲気があまりなくて、場違いな感じがしたものだった。何人かが集まって、何事か語り合いながら酒を飲んでいるのだが、飲むことよりも、話すことの方が大切であるようだった。一人の中村は、ぽつんと離れた席に座ったが、早速、隣のグループで飲んでいた色の白い若者がそばにやってきた。

「中村さん。中村さんですよね？」

中村はすぐに、「ああ、あの分身の男がここの常連なのだな」と見当をつけた。さて、どう答えたものか、ちょっと迷ったが、本当のことを言うことにした。

「確かに、私は中村ですが、ここに来たのは、初めてです」

「それが、今日の『謎』ですか？」

中村は、自分が「謎」をかけたと言われて、逆にかけられた気分だった。

「すみません。私は、本当に、初めてここに来たのです。私とそっくりな、名前も中村という人がいて、私自身、さっき本屋でその人に会ってきたところです。きっと、その中村さんがここによく来ているのでしょう」

「今日の中村さんの『謎』は、凝っていますね。そのまま、そう言い張ったら、謎は謎じゃなくて、本当になってしまいますよ」

中村は早くもうんざりしてきた。

「だから、本当のことなのです」

その声色には、ありありとうんざりした気分が表れていた。すると、隣のグループにいた中年の男がこちらの方に来て
「梶原君、取りあえず、中村さんの言うことが本当だとして、これからの話をしようじゃないか」

色白の若者は驚いたような声で
「蟹江さん。それでは、瓜二つの人が二人いるという事実になってしまいますが。まあ、そういうこともあるよね。で、終わりになってしまいます。つまらない事実に過ぎない」

どうやら、若者は梶原、中年の方が蟹江という名前らしい。それにしても、梶原が「つまらな

い事実」と言ったのは、ある個人の分身が存在するという、奇怪な事実のはずなのだが。中村は、わけがわからなくなった。蟹江が穏やかに続けた。

「中村さん。これから説明しますから、うんざりした顔をしないでください。私たち、クラブ・カフカの客は、『謎』をかけてくる人間に憧れているのです。だから、自分たちも、謎をかけるまねをしてみるのですが、まあ、遊びのようなもので、なかなか、本当の謎をかけることなんか出来ません。フランツ・カフカは、人間に、本当の謎をかけた一人です。彼の作品にはいろいろな解釈が可能で、ここによく見える中村さんも、よくその話をするのですが、解釈は解釈として、カフカの作品を、謎は謎のままにして、純粋に楽しむことも可能なのではないか。私たちはそう思うわけです。ちょうどモーツァルトの音楽を聴くように。モーツァルトも、われわれの考えでは、人間になかなか解けない謎をかけた一人です。そう、モーツァルトの音楽は、ひとつの謎と感じられてこそ、永遠の輝きを持つことができる。と、私たちは信じています。もちろん、モーツァルトをいわゆる音楽史の中で古典派の作曲家の一人として、当時ごまんと存在していた音楽職人の中の代表者と理解する人もいるでしょう。二十世紀前半を代表する指揮者トスカニーニはそのような考えだったらしく、彼は次のように言っていたそうです。『モーツァルトは美しいけれど、いつも同じなんだ』

いつも同じ。さきほど、梶原君が、『つまらない事実に過ぎない』と言って、中村さんを驚かせたようですが、彼は、『事実はいつも同じで、事実に過ぎない』と言いたかったのですよ。事実には陰影がない。事実には、それ以上の『含み』、『余韻』というものがない。事実は事実で、永遠に事実であり続け、変化しない。ところが、なかなか解けない謎、もしかしたら、永遠に解けないかもしれない謎は、陰影だけから出来ているような、『含み』や『余韻』だけで出来ているような、過去を持たず、未来だけからできているような、そのような存在です。われわれクラブ・カフカに集まる客は、そうした、『謎』に憧れているのです。しかし、過去を持たず、未来だけからできているような存在を、ある種の人は、不快に感じるのです。不快に感じるどころか、自分自身の存在全体で、拒絶するのです。そのような人は、『謎を感じる』ことが出来ません。ただの、つまらない事実としか感じません。トスカニーニが『美しいけれど、いつも同じ』と言ったように、私たちがこの上もなく美しいと感じているひとつの『謎』を、唐変木の寝言としか、感じられないのです。確かに、カフカのある種の小説は、見ようによっては、唐変木の寝言と思われても仕方がないものもありますね。

『謎』に対する感受性と言ったものがある。それが、一人一人に内在する素質というものなのか、それとも、誰にも備わっていて、あるきっかけで発現するものなのか、私にはわかりません。でも、確かに、『謎』に対する感受性といったものがある。『謎』とは、まず、感じるものらしいのです。おそらく、科学者や数学者にとっても、そうなのでしょう。理系の学問でも、感性が必要な場合があると思います」

蟹江の長話を中断させたのは、横から入ってきたもう一人の中年の男だった。

「私は、本城と申します。蟹江さん、話が長すぎます。中村さんが消化不良を起こしてしまいますよ。中村さん、蟹江さんの話も、ひとつの考えに過ぎません。

私には、すべての言葉は、『翻訳』としか感じられません。動いているイメージこそが大切であって、言葉は、そのイメージを翻訳しようとするものに過ぎないのです。逆説的ですが、だから、私は言葉に絶望したことがありません。はじめから『翻訳』に過ぎないのです。ゲーテの描いたファウストが聖書の言葉を何度も翻訳し直したように（『初めに言葉があった』というヨハネ福音書の書き出しの部分です）、何度でも翻訳し、際限もなく翻訳し続ければいいのです。言葉とは、そういうものです。無駄と言えば無駄とも言えるかもしれず、だから、禅仏教のように言葉を排斥する流儀もあるのでしょう。日本人の生活には禅仏教がしみついていて、言葉を軽蔑する傾向があるのは、残念なことです。しかし、禅仏教で重視しているのは動き続けるイメージであり、決して、ただの『事実』ではありません。その点を誤解して、日本人は言葉を軽蔑し、『事実』を重視する傾向があるようです。『論より証拠』ということわざがよくそれを示しています。証拠なんか、いくらでも捏造できるのに。『論』を捏造することは出来ません。『論』には間違った論と正しい論の二種類しかなく、それを判断する責任は自分にあります。つまり、自分が判断すれば良いのです。これこそ、潔いというものです。この様に考えられないのは、日本人にとって、実に残念なことです。

　もちろん、私が今、申し上げたことも、ひとつの考えに過ぎないのです。それは、正しいか、間違っているかのどちらかですが、それは、あなたが、あなただけが、判断すればよいことなのです。私自身は、たとえ、世界全体が私に反対であっても、自説を信じることでしょう。限定的に正しいとか、限定的に間違っているとか、いろいろ微妙な問題はあるでしょうが、原理的には、そういうことなのです。一番ばかばかしいのは、世界的権威の某がこう言ったから、それが何よりの『証拠』だと、思い込んでしまうことです。世界的権威とは、ある分野における権威であって、当然私もそこは尊敬しますが、その権威が、自分で考えるという個人の責任を免除してくれるわけでは、決してありません。自分で考えるという個人の責任を免除できるのは、それこそ、『神様』だけでしょう」

「本城さんの話も、十分、長いと思います。それから、もうひとつ、注意したいのは、個人は、『自分で考える』だけでは、十分ではないということです。『自分で、公平に、考える』でなければ、いけません。自分の都合のいいように理屈を考え出すことは、世間でよく行われていることですからね」。蟹江が苦笑しながら、言った。

すると、本城が、答えた。

「私は原理的な話をしているのであって、微妙な問題を、ある程度無視するのは、やむを得ないのです。いちいち細かい注意をしていたら、とても複雑な話になってしまいますからね。もちろん、個人は『公平に考える』のでなければ、意味がありません。原理的な話というのは、常に、ある理想化が伴います。原理的な話で『考える』と言えば、『公平に考える』ことだと、察してほしいものです」

それに対して、若い梶原が、笑顔で話した。

「また、理想論と現実論の議論ですか、いつも同じことです。それよりも、今の話で、ちょっと引っかかった部分があるのですが、本城さんが言った、『自分で考えるという個人の責任を免除できるのは、神様だけだ』という所です。つまり、極論になるかもしれませんが、われわれが権威に弱いというのは、『宗教的な態度』の名残と言えるのではないかと思ったのです」

すかさず、本城が切り返した。

「それは、極論だ。単純すぎる言い方だ」

「そうでしょう。でも、ちょっと聞いてください。徒然草にこんな話がありました。寺に立派な榎の木があったために『えのきの僧正』とあだ名された僧が、怒って、榎を切らせた。すると、今度は『切り株の僧正』と呼ばれた。また、怒って、切り株を掘り出して捨てさせた。その後が堀池になったために『堀池の僧正』と呼ばれたという。これを単なる笑い話と受け取ることも可能ですが、私はもっと意味深く取ることも出来ると思います。世俗的に取れば、『人のうわさは絶ちがたいものだ』ぐらいになるでしょうが、私はもっと深く取りたいのです。この話で、対立しているものは、個人と集団です。個人がすなわち、権力のある僧正が、いかに努力しても、集団に存在するある傾向は絶ちがたい。そのように取れます。『集団に存在するある傾向』がもし、『宗教性』と呼ばれるものだったら、それは、個人がどんなに努力しても、根絶やしにすることは出来ないのです。私たちは、自分には宗教なんて関係ないと思いこんでいます。私たちは自分の中にある『宗教性』という『えのきの木』を切って捨てたと思っている。ところが、私たちは、相変わらず、『切り株の僧正』だったり、『堀池の僧正』だったりしているのではないか。『切り株の僧正』は迷信深い人であり、『堀池の僧正』は、丁度、権威に弱い人ぐらいになるのではないかと、私は思うわけです」

蟹江と本城は顔を見合わせ、同時に

「なかなかうまい比喩だ」と言った。

「うまい比喩だが、それに目がくらんではいけない」

思い出したように、蟹江が中村を見て

「中村さん、私たちはこんな風に、とても結論なんか出そうもない議論を延々とするために、ここに集まってきているのです」と続けた。

中村は皮肉な光を目に浮かべながら、今度は梶原に尋ねた。

「梶原さん、堀池を埋めてしまったら、どうなりますか？」

「その跡が空き地になったので、『空き地の僧正』と呼ばれるでしょう。これは、何に当たるのかな。現代の、虚無的な人たちでしょうか。何をしても、虚しいという類の人たちですよ」

「空き地の上に何か、小屋でも作ったら？」

「埋め立て地は、地震に弱い。地震が起こると、そんな小屋はひとたまりもありません」

＊

今夜も中村は「クラブ・カフカ」に来ていた。

色恋沙汰にも権力ゲームにも興味がない中村のような男が「クラブ・カフカ」で行われている取りとめのない言論ゲームに、実はしびれるような魅力を感じていた。それは、頭も尻尾もないような散漫な議論であったが、確かにひとつの中心の周りをぐるぐる廻っている感触はあった。その中心とは、蟹江が言った、「謎」であった。

「なかなか解けない謎、もしかしたら、永遠に解けないかもしれない謎は、陰影だけから出来ているような、『含み』や『余韻』だけからできているような、過去を持たず、未来だけから出来ているような、そんな存在です」。そう蟹江は言っていた。

そのような存在である「謎」とは、確かに、「心で感じる」ものなのだろう。

たとえば、純粋に知的に見える数学の証明ひとつ取っても、二種類の受け止め方が可能である。ひとつは、それをただ論理的に、記号の羅列として頭で理解する受け止め方。もうひとつは、ただの記号の羅列とは見ないで、そこに奥深い陰影を感じ、遠い鐘の響きのような余韻を感じ、快く思う受け止め方。中村は、学生時代、数学に苦しめられたものだった。数学を、ただ論理的なだけの記号の羅列とみることは、苦痛に他ならず、中村も、この一般的な見方にとらわれがちだった。そこで、数学が得意な同級生の様子をよく観察すると、彼ら彼女らは明らかに、ある快さを数学に感じているのがわかった。考えてみれば、いろいろなことが思い当たった。クラシック音楽の音の流れの中にある快さを感じなければ、それは退屈なだけだし、文章の流れが不自然でぎくしゃくしていれば、それは無味乾燥なだけだろう。それと同じで、数学も同様に、そこからある快さを感じることが出来なければ、理解することも難しいのだろう。学生時代の中村はここで止まってしまい、数学は不得意なままで終わったが、今は「クラブ・カフカ」で手に入れた「謎」という観念をそれに当てはめて理解することができた。蟹江が言った「謎」とは、「ある快さ」

あるいは「美しさ」と言ってもいいのだった。ではなぜ、蟹江は「謎」と言い、「ある快さ」あるいは「美しさ」と言わなかったのだろう。「ある快さ」あるいは「美しさ」と言うと、やはり蟹江の言った、「ただの事実」と誤解される恐れがあるからである。やはり、それは「謎」でなければならないのだった。もう一つ、別な言い方があるとすれば、それは、本城が言った「動き続けるイメージ」という表現である。本城によれば、あらゆる言葉は、「動き続けるイメージ」の「翻訳」に過ぎない。言葉は何度でも何度でも繰り返し、「翻訳」し続けなければならない。もしかすると、「本当にぴったりな言葉」は永遠に見つからないのかもしれない。それならば、「動き続けるイメージ」とは、「謎」の一種にほかならないだろう。言葉の届かないところにある「動き続けるイメージ」とは「心で感じる」しかないものである。

「謎」とは、解き方が見つからない問題とは限らない。無限の解き方がある問題もまた、「謎」である。

カフカの小説は一見、「解き方が見つからない問題」にも見える。しかし、蟹江によれば、それはモーツァルトの音楽と同じ種類であり、モーツァルトの音楽は「無限の解き方がある問題」であるのだ。

中村は「クラブ・カフカ」に入る時、いつも、軽い恐れを感じていた。もしかすると、自分の分身と鉢合わせをするのではないかという恐れだ。彼が最初に話しかけてきた時、「カフカを知っていますか？」と訊いてきた。なぜ、カフカだったのだろう？もしかしたら、それは「クラブ・カフカ」のことではなかったのか？中村をここに来させることが、実は彼の「たくらみ」だったのではないか？中村はここまで考えて、それ以上考えることを止めた。自分で意識して「やめよう」と思った。それでも、無意識に、店舗に入ると全体を見回した、分身は来ていないようだった。

薄暗い店内には、いくつかの人の群れが出来ていて、中村は、その中の蟹江や本城や梶原がいるグループに近付いていった。すると、若い梶原が急に立ち上がって、中村を迎えた。その顔には、驚きの表情が表れていた。中村はいやな予感を感じた。

「中村さん！大丈夫ですか？」

中村はすぐに察した。苦笑しながら

「君はまた、私の分身と出会ったようだね。まず、その話を聞かせてくれないか」

「ここに来る前です。途中で『本屋』に寄った時に、『あなた』に会いました」

「あいつ、本屋を棲家にしているのかな」

「それでは、あれは、あなたの分身だったのですね。不思議だな」

「分身がどうかしたのかな？分身は自分ではNと呼べと言っている。そのNが？」

中村と梶原は座った。中村は酒を飲みたくない気分だったが、ワインを注文した。蟹江と本城は、黙って二人の会話を聞いていた。

「Nさんは、体の具合が悪いと言っていました」

「へぇ、Nが。私の方も人間ドックにでも行く必要があるかな」

「死に至る病だと言っていました。確かに、顔色がとても悪かった」

「そんな大事なことを、あいつ、私に言わないで、なぜ梶原君に言ったのだろう？」

「さあ、でも『本人』にはなかなか言いにくいのでは。いや、これは冗談ですよ」

この冗談は、意外に、中村の胸に響いてきた。しかし、何食わぬ顔でつづけた。

「それで、何の病気だって？」

「そこまでは、聞けませんでした。でも、死に至る病だなんて…」

「キルケゴールかなんかかね？」

「死に至る病とは、絶望のことである。そして、その絶望とは、キリスト教の説く罪、神を拒否することである。私は哲学の授業でキルケゴールはそう言っていると聞きました。実際にキルケゴールを読んだことはありませんが」

「私も、一般的な、そのくらいの知識しか持ち合わせていない。あいつは、私だと言いながら、私よりも、たくさんの本を読んでいるらしい」

中村の胸の中に、だんだん、重く、固い塊が形成されていくようだった、中村は、自分が、死の不安を感じていると認めたくなかった。が、反対に、胸の中の塊が死への不安であると進んで認めたい気持ちもあった。なぜなら、「それ」が、Nの言う、死に至る病、すなわち、絶望、すなわち「罪」であると絶対に認めたくはないからだ。

以前会った時に、Nは意味ありげに、カフカの「審判」を中村に示していた。ヨーゼフ・Kの「罪」。それは、死に値する罪、「死に至る病」だった。

中村の心は混乱してきた。中村を見つめる梶原の瞳に、恐れのような色が閃いた。

「中村さん、Nは、Nさんは、体の病気なのでしょうか？それとも？」

「梶原君、カフカの小説『審判』を知っているかね？」

梶原は「ええ、知っています」と言って、絶句した。

＊

それでも、中村の日常は、外見上は、平穏に流れていくようだった。

中村は、無口になっていた。家庭で、妻や娘と会話をすることも少なくなっていた。妻は時々、不安げな瞳で中村を見た。彼はそれに気づいていながら、特に何も言わなかった。「触りたくなかった」からである。

しかし、妻は、中村が思うよりも、深刻に思っていたようだった。ある朝、娘が学校に出かけてから、急に切り出した。

「昨日、デパートに行ってみました」

「どこの？」

「あなたの。仕事が終わる時間に。重田さんが出てくるのを見ました。あなたは一緒ではなかった」

「ああ、残業で最後まで残っていたから」

「昨夜はどこへ？」

「用事がたまってしまって。遅くまで職場にいた」

妻はそれ以上は何も言わなかった。妻が中村のことを信じていないことは、よくわかっていたが、やはり「触りたくなかった」ので、放っておくことにした。

外見上は、中村はいつものように、平穏に出勤した。

職場近くのバス停で降りると、中村はそこに、自分の分身が立っているのを見た。中村はわざとなんでもないような様子で挨拶をした。

「おはよう。体調はどうですか？」

「今日は、あなたの代わりに、私が出勤しましょう」

「ばかなことを言うな。君に勤まるわけがない」

「一日ぐらい、主任が何もしないで、ボーッとしている日があってもいいんじゃないですか」

「だから、無茶を言わないでくれ。そんなことはできない」

分身は奇妙にゆがんだ笑顔になって、そして、ささやくように

「あなたと私は、過去を共有していない。だから、あなたは、私があなたの代わりになることは無理だと言う。でも、私とあなたは、未来は共有しているのです。クラブ・カフカ流の言い方をすれば、私とあなたの関係は一個の謎であるとなりましょうか。謎とは、一種の関係性にほかならないのです。私は『死に至る病』にかかり、あなたは無実の罪を背負う。まあ、本当に無実なのか、無自覚なのかは、わかりませんが」

「あなたは、私のなんだと言いたのか」

「それはそうと、中村さん、あなたは、なぜ奥さんにクラブ・カフカのことを隠しているのです？別にやましいこともないでしょう」

「いや、なんとなく、言いにくい。妻は別の世界に住んでいる人間だ」

「別の世界にね。男は、いつまでも少年のように秘密を持ちたがるものなのかもしれませんね。でも、奥さんはあなたのことを疑い始めていますよ。奥さんは、あなたが『違う世界』とつながりを持っている人間だなんて、認めたくはないのです」

「それは、困る。エゴイズムと言われるかもしれないが」

「わかっているのですか。今朝のあなたは、冷たいエゴイストでした」

中村は視線をそらした。そして歩きはじめた。仕事には行かなければならない。

中村の心は混乱していた。何がなんだが、全然わからない。仕事の中に逃げ込みたかった。そこなら確かに、安全な日常があるはずだった。

背後で、分身の声がする

「まるで、逃げるようですね。どこにも安全な場所なんてないのですよ。あなたが、自分の『罪』と向き合うまでは」

中村は振り返った。

「今夜、クラブ・カフカで会いましょう」。分身が言った。

＊

その夜、中村はいつものようにクラブ・カフカに行こうか、それとも行くまいか、迷っていた。どちらにしても、気づまりだった。クラブ・カフカで自分の分身に会うのも、家に帰り妻と向かい合うのも。

なんとなく、決断がつかないままに、中村は夜の街をさまよい歩いていた。

彼は心の中で繰り返し、繰り返し、「いったい、おれに何の罪があるというのか」と思った。

彼は立ち止まり、ネオンサインの点滅を意味もなく、見つめていた。

彼は考えていた。「いったい、分身の『病気』とは、肉体の病気なのか、それとも、何かの比喩なのか」

いくら考えても、無駄なことだった。本人に確かめてみるしかない。

彼はのろのろと、クラブ・カフカに向かって歩いていった。

「クラブ・カフカ」

いつものように、暗闇の中の小さな看板に、この文字が浮かび出ていた。中村は自堕落な人のようだった。下を向き、いくぶんよろめきながら、店内へ入っていった。

一番奥の隅の席にいる分身の姿が、一番先に目に入った。中村は真っ直ぐにその方に歩いていった。途中、梶原や蟹江や本城の席のすぐ近くを通ったが、彼らはなぜか気づかないようだった。

中村は幽霊のように無視された。

「お待ちしていました。きっと来てくれると思っていました」

分身は、中村自身の声色で、そう言った。

中村は、いつものワインを注文した。そして、ふと、思いついた諧謔を口にしてみた。ふざける気分では全然なかったが。

「われわれは、端から見れば、一卵性双生児だと思われるだろう。もしかしたら、私の両親がそういう事実を私に隠していたのかもしれないが」

「確かに、何かの事情で生まれてすぐに引き離されてしまう一卵性双生児もいます。そういう人たちは、心理学の格好の研究対象です。ほら、例の、遺伝か環境か、氏か育ちかという議論の研究対象になるのです。遺伝的には同じである二人が、別々の環境で育っているのですから、実に興味深い。まあ、学問的な研究は学者さんにお任せして、私は私の感想を言いましょう。と、言っても、私はそれほど学者を信用していません。望むなら、『氏』が優勢だと主張する学者と、『育ち』が優勢だと主張する学者の両方を見つけることができるでしょうから。私は、第三のファクターが最も重要だと思っています。それは、残念ながら、『偶然』という人間の力ではどうにもできないものです」

「君からそんな議論を聞くとは思わなかった」

「私たちは、偶然に支配されています。ひとつ注意すると、私は、現代風に『偶然』と言ったのであって、昔の人は同じことを『神』と呼んでいました。結局、人の力の及ばない領域なのですから、偶然と呼ぼうが、神と呼ぼうが、同じことです。昔の人は『神だのみ』と言い、現代人は『確率を上げる』と言う。この二つはずいぶん違う内容を表しているようですが、昔の人だって、神様にばかり依存していたわけではありませんからね。人事を尽くして天命を待つと言うでしょう。『神頼み』とは、人事を尽くす覚悟のことだと思えば、現代人が言う『確率を上げる』ことと、結局は同じです」

「君は口がうまいな。思わず、だまされそうになる」

「私たちは一卵性双生児ではありません。一卵性双生児は、遺伝的に同じだというだけで、別の人格です。では、私たちは、何でしょう？」

中村は苦笑した。

「なんだろうなあ。君は私の分身、君から見れば私は君の分身。過去は全然共有していないのに、君は、われわれは未来は共有していると言う。われわれの関係は一個の謎だと君は言う。われわれは、一蓮托生なのか？」

分身はちらりと微笑した。

「そして、私は、死に至る病を病んでいる」

「そして、この私は、現在、健康だ。君は、本当に病気なのか？」

「本当の、肉体的な病気です。私は余命わずか、もうすぐに死ぬのです」

中村はしばし沈黙して、分身をじっと見つめていた。本当に死ぬのかと思った。自分の目の前に座っている相手の肉体的な実在感が、ひしひしと迫ってくるようだった。

「なぜだ？なぜ、死ぬのだ？」

「なぜ、とは不思議な言葉ですね。原因を聞いているのなら、それは過去を尋ねている。目的を聞いているのなら、それは未来を尋ねている」

「そんな呑気なことを言っていないで、私の質問に答えてくれ、いったい、何の病気なんだ？」

「だから、死に至る病ですよ。人間は、いずれは死ぬのです。誰でも、生きているということは、死に至る病を病んでいるようなものですよ」

「君が死んで、それで…私はどうなる？」

「あなたの本音はそれでしょう。まあ、仕方ないな。言いましょうか？」

「言ってくれ」

「私が死んで、あなたは、私の死を背負って、生きていくのです」

「君の死を背負って？」

「あなたは自分の分身を、影を、失った。その喪失感を背負って生きていくのです。もちろん、私を、あなたが殺したわけではない。しかし、あたかも、私の死をあなた自身の罪のように、あなたは背負って生きていくのです。あなたは、あのヨーゼフ・Kのように、無実の罪を負わなければならないのです。宿命のように。そう、私があなたの前に現れたのは、そのことをあなたに知らせるためなのです」

「なぜ、なんで、私の前に現れた？」

「あなたには、『なぜ』としか言えないでしょう。一個の謎を前にして、人間は必ず、『なぜ』と言うものです。私はじきに、死にます。あなたの家に、黒い縁取りのある、白紙のはがきが届いたら、それが、私の死んだ印です。心に留めておいてください」

分身は席を立とうとした。

「待ってくれ。何か、私にできることはないか？」

「あなた自身のことを、考えてください」

そう言って、分身は行ってしまった。中村は一人残された喪失感の中で、ため息をついた。胸の奥から、ぐっと「なぜ？自分はこんなに孤独なんだ！」という言葉が出てきた。

「孤独」という言葉に、彼は戦慄した。

「死のような孤独」と言い換えてみた。

その夜、中村は、幽霊のように、無視されたまま、誰からも言葉を掛けられずに、クラブ・カフカを後にした。

*

一週間経った頃、中村の家に、黒い縁取りのある、白紙のはがきが送られてきた。差出人の名前はなかった。それを見た妻は、眉をひそめた。

「こんないたずら、誰がしたのかしら？」

中村は作り笑いをして、そのはがきを破り捨てた。

「大丈夫。私は、そんなに、人に恨まれている覚えはないよ」

「でも、気持ち悪いでしょう」

「そりゃ、そうだけど。まあ、いいじゃないか、自分がしっかり生きていればいいのだから」

あの夜以来、中村はクラブ・カフカには行っていなかった。妻との関係も回復していた。娘に対しても声を荒げることもなくなっていた。

平穏な「家庭の幸福」に包まれながら、中村は今日も出勤した。

いつもの道を歩きながら、彼は胸を苛んでやまない孤独の痛みに耐えた。

なぜ、彼は耐えることが出来たのか？それは、彼が、日常生活を信じていたから。

彼はその日、その日の目の前のつとめを、ひたすら果たそうとしていた。

幸いなことに、彼は、あのヨーゼフ・Ｋのように「逮捕された」わけではなかった。まだ、日常生活を信じることが出来たのである。

いつものバスに乗り込むと、ひとつだけ席が空いていた。彼はそこに座った。ところが、すぐ次のバス停で、一人の老人が乗ってきて、彼の席の横に立った。中村は席を老人に譲ろうとして、立ち上がった。

「どうぞ」老人は聞こえないのか、こちらを見もしない。もう一度「どうぞ」と言ってみた。すると、ようやくこちらの方を向いて、

「座っていればいい。僕は立っているから」

彼は再び席に座るわけにもいかずに、「はあ」とあいまいな返事をして、老人の横に立った。見るともなく、老人の方を見ていたが。老人が片腕を失っていることに気が付いた。

すると、老人は鋭い視線を中村に向けて
「これか？これは戦争で失くした」

「そうでしたか。それは…」

その時、バスが急停車した。老人の体は大きく傾いた。中村は思わず手を出した。老人の肩の辺りを支えた。

「せっかくだから、座らせてもらうか」

老人は痩せているが、筋肉質で肩幅が広かった。昔戦争に行ったというのだから、おそらく相当な年齢のはずだが、足腰は不自由はないようだった。短く刈った白髪の下に、まだまだ生気を湛えた瞳を光らせていた。

中村は自分の両親のことを思った。両親ともに、先の戦争では、まだ子供だった。その苦労話は折に触れいろいろと聞いていたが、実際に戦地に行った人のことは、知らなかった。

「戦争はやはり、たいへんだったですか？」。中村は老人に話しかけてみた。

「話せば切りがないな。僕は義務を果たしに行っただけだ。僕も若かったが、その若さをすべて、義務のために捧げてしまった。そういう時代だった」

「今の時代は？今の時代はどう思われますか？」

「良いところもあれば、悪いところもある。いつだって、それは同じだ。良いところは、例えば、今は若者が若者のままでいられる。これは素晴らしいことだ。僕の時代は、若者は老成しなければならなかった。死ぬ覚悟をするために」

なぜか、老人のこの言葉に、中村は、はっと胸を打たれるような思いがした。老人は続けた。

「死ぬ覚悟をして、僕は死なずに帰ってきた。死ぬ覚悟をして、死んでしまった友もたくさんいた。偶然、死なずに帰ってきた僕は、『余生』を生きなければならなかった。それは、自分で言うのもなんだが、なかなか良いものだったよ。死ななくてよかったということだ」

「良いものでしたか。それは、良かった」

中村は自分の感動の気持ちを隠そうとして、それからは、何も言わなかった。それから、老人は何か語りかけてきたが、彼はその言葉も、あまり耳に入らなくなった。

いつものバス停で降りた。

あの朝、彼は、彼の分身はここで彼を待っていた。ちらりとそのことが頭をかすめたが、中村は軽く頭を振って、歩きはじめた。

いい天気だった。五月の風だ。と中村は思った。

五月の風、五月の光、五月の空の青さは、おれを特別な気持ちにさせる。天気が良いと、こんなにも気分が良いなんて、なんだか、おれも年寄りじみてきたかな。中村はそのように自嘲しながら、職場への道を急いでいた。それも、悪くはなかった。

中村の「孤独への道」は、まだ、始まったばかりだった。

毎日が祈るような気持

「教育ぐんま」No.83（一九七七年一月二十五日発行）発行・群馬県教育委員会からの抜粋

本田幸恵

昭和四十四年の十二月、我が子は四十度以上の熱が続き、かぜにしてはおかしいと不安におろおろした私は、四日目の朝に日赤病院の小児科で診察を受けた。

即時入院といわれ、いったい何の病気になったのかと心配になった。

入院後間もなく腎炎と診断され、それからは不安と回復への期待を持ちながらの生活が始まった。

私は当時五歳だったこの子の付き添いに病院に行き、主人は当時小学校四年生の長男を学校に出してから勤めに行く別居生活になった。

時には、疲労が重なって倒れたこともあり、まったく救いようのない日々が続いた。

この様な生活が三か年続き、病気も心配だが、義務教育を受けられず、将来どうしたらよいかと考えていた折に、県教育委員会、病院の方々のご尽力で、昭和四十七年四月、小児科病室の一部を教室にした学校ができた。

同じ悩みを持つ二十数名の父兄と共に参列した開校式のことは、いまだに忘れることができない。医師の診断結果によって病床上での学習と教室での勉強等を指示され、闘病生活と学校生活の両立が実現した。

勉強は普通の子と同じ各教科を個別に指導され、わが子が地味だが、熱心に学習していくのを目の当たりに見て我ながら涙ぐむこともしばしばあった。

昨年（一九七六年）十一月には小児科病棟の西に立派な新校舎ができ、子供たちの喜んだ姿が目に焼きついている。わが子も、もう六年生になり、この頃では落ち着いて病気の治療と勉強に励んでいる。

五月十一日の母の日に私に手紙を寄こした。

「この手紙で書きたいことは、ただ『お母さんありがとう。』という事だけです。病状の悪くなったとき、寒いとき、毎日かかさず病院に来てくれて世話をしてくれるお母さんに感謝します。……お母さんの事を思うと一日も早く良くなり安心させたいと思います。」

いつしか母親の事を思いやるほどに成長したわが子を見て、今までの苦労が報いられる思いだった。

入院生活も満八年、安静と食事療法による慢性腎炎の治療を続けている。今後何年この状態が続くのか今の所わからず、将来を考えると暗くなりがちになるが、医学の進歩によるこれからの時代に大きな期待を寄せながら毎日毎日を祈るような気持で生活している。

（県立養護学校　前橋日赤分校）

朝日新聞「群馬版」記事より

1984（昭和59年）3月14日　水曜日掲載

群馬大学の合格発表が十三日行われたが、じん臓を患い週三回人工透析を受けながら県立高崎高校通信制を今春卒業した生徒が、教育学部特殊教育四類乙に見事に合格した。前橋市高花台二丁目、会社員本田敬三さん（五二）の次男敬幸君（一九）で、「同じように病む子らのために、養護学校の先生になりたい」と合格の喜びを語っていた。

本田さんが発病したのは、小学校入学前年の四十三年十二月。前橋市の前橋赤十字病院に入院し、小学校は同病院内の県立養護学校前橋分校を、中学二年のとき人工透析を受けるため群大医学部付属病院に移り、毎週月、水、金の三回、一日五時間ずつの透析を受けながら県立養護学校中等部を卒業した。全日制高校を強く希望したが、週三回の人工透析があっては入学はむずかしく、月二回のスクーリングで登校するほかは、自宅で勉強できる通信教育を選び五十五年四月、入学した。

通信制は最低の四年間で卒業したが、高校の単位修得と受験勉強が重なった四年時は無理がたたり一カ月から二カ月の入院を三回も繰り返したが、参考書だけは手放さなかった。三月四日の群馬大二次試験前にも高熱で病院にかつぎ込まれた。今年は何度も入院したのでだめかとあきらめていた、という。が、みごとに合格。大学には前橋市の自宅から人工透析のない日に通う。

「よくやった」と高崎高校通信制の小林仲治校長から励まされる本田敬幸君＝高崎市の高崎高校で

やったぜ!! 本田君

人工透析受けながら
見事、群大に合格
高崎高通信制

群馬大学の合格発表が十三日行われたが、じん臓を悪い週三回人工透析を受けながら県立高崎高校通信制を今春卒業した生徒が、教育学部特殊教育四類乙に見事に合格した。前橋市南花合二丁目、会社員本田晴三さん(五三)の次男敬幸君(二〇)で、「同じように病む子らのために、養護学校の先生になりたい」と合格の喜びを語っていた。

本田さんが発病したのは、小学校入学前年の四十三年十二月。前橋市の日本赤十字病院に入院し、小学校は同病院内の県立養護学校前橋分校で、中学三年のとき人工透析を受けるため群大医学部付属病院に移り、毎週月、水、金の三回、一日五時間ずつ透析を受けながら県立養護学校中学部を卒業した。全日制高校を強く希望したが、週三回の人工透析があっては入学はむずかしく、週二回のスクーリングで就学するほかは、自宅で勉強できる通信教育を選び五十五年四月、入学した。

通信制は最低の四年間で卒業したが、高校の単位修得と受験勉強が重なった四年目は、無理がたたり一カ月から二カ月の入院を三回も繰り返したが、参考書だけは手放さなかった。三月四日の群馬大一次試験前にも高熱で病院にかつぎ込まれた。今年は、何度も入院したのでだめかとあきらめていた、という。が、みごとに合格。大学には前橋市の自宅から人工透析のない日に通う。

 朝日新聞「群馬版」記事より

表紙絵　大塚利典

「石造りの家　モンサラージュ・ポルトガル」２０１８年（油性ペンによる淡彩画）

裏表紙絵　大塚利典

「芍薬　しゃくやく」２０２０年（油性ペンに透明水彩）

中扉絵（油性ペンによる淡彩画）**大塚利典**

6ページ「旅人　エルヴァス・ポルトガル」２０１８年

16ページ「巨岩　モンサント・ポルトガル」２０１８年

42ページ「ローマの松　ローマ・イタリア」２０１８年

104ページ「エヴォラカテドラル・ポルトガル」２０１８年

130ページ「バターリャ修道院の壁面レリーフ・ポルトガル」２０１９年

176ページ「ヴォルゲット村・イタリア」２０１８年

214ページ「石造りの家　モンサラージュ・ポルトガル」２０１８年

大塚利典　略歴

・埼玉県深谷市在住
・東京芸術大学大学院卒
・独立美術協会会員
・日本美術家連盟会員
・埼玉県美術家協会会員
・ＮＨＫ文化センター前橋教室講師

あとがき

本田　幹雄（実兄）

縁あって本書『クラブ・カフカへようこそ　本田敬幸短編集（第一集）』を手にしていただいた方々、出版に協力していただいた方々に、感謝申し上げます。たいへんありがとうございました。

弟の本田敬幸がこの世を去ってから、早四年の月日が流れました。亡くなる五日前、病床でノートに書き溜めた小説作品があると、私は打ち明けられました。「作品集として世に出す」とその場で約束したものの、それを果たさないまま随分と時間が経ってしまいました。

このたび、弟の短編小説作品集として、第一集を出版する運びとなり、生前、本人と約束したことを、一歩前に進めることが出来、少しだけほっとしています。

第一集に、収録されている作品「幽霊」の最後のページの中で主人公ホンダの独白文があります。

「彼はまだ、あと何回、桜が見られるかなんて全然思わないだろうな。ちぇっ。自分がどれほどの贅沢をしているのか、彼は全然わかっていない」。

普段の日常生活において、私を含めて多くの人たちは、今在る生活が永遠に続くものと、考えがちです。自分がいなくなる世界など、想像ができません。けれども、この文章を読むと、弟は毎年春になると、あと何回桜を見られるかを常に意識しながら生活し、日常を送っていたことが分かります。幼少の頃から、病院への入退院を繰り返し、また中学二年生からは週に三回の透析治療が始まり、それは終生に渡って続きました。病床のベッドの上で一人過ごす時間は圧倒的に多く、彼にとっては病気と対峙することが、すなわち人生の半分以上を占めていたのは、紛れもない客観的な事実です。それでも、私の記憶の中の弟はいつも笑顔です。つらいことがあっても決して笑顔を絶やすことはありませんでした。病気と対峙しながらも、前向きに自分の人生を切り開き、養護学校、通信制の高校を経て、大学を卒業して、教職に就き、好きな本を読み、小説を書き、クラッシック音楽を愛し、後年は運転免許を取得して亡くなる日の一週間前まで母親と一緒に買い物にも行ってくれていました。そんな心優しい弟でしたが、彼が生きた壮絶な人生は、決して並大抵ではなかったはずです。（以下、作品「幽霊」からの抜粋になります。

「私は『二つ前の時代』を不安な気持ちで思い出して、夢に見ているのかもしれません。なぜその夢が不安で彩られているのか。それは、私の中に、まるで死者を忘れてしまったような後ろめたさがあるからかもしれません。（中略）今、生きている、私の現実。それはいつ過去になるのか。」。）

弟が生前、私にプレゼントしてくれた音楽ＣＤが一枚だけあります。普段はめったに聴くことのないＣＤです。弟と心の中でいろいろとやり取りをしたい時、そんな特別の時にだけ聴くＣＤです。二十世紀の偉大なピアニスト、ルドルフ・ゼルキン（１９０３〜１９９１）が最晩年の八十四歳の時に演奏したライブ録音盤です。収録曲はベートーベンが作曲した彼の最後のピアノソナタ30・31・32番です。この演奏を聴くと、何故か、とても「幸福な気持ち」になります。言葉では言い表すことのできない「たいせつな気持ち」が広がります。

たぶん、それは聴いている音楽を介してプレゼントをしてくれた時の弟の気持ちとそれを聴いている自分の気持ちとが、心の奥深いところで共鳴しているのだと思います。

弟が書いたこの短編集を手に取って読んでいただいた方々が、同じ様に「幸福な気持ち」「たいせつな気持ち」を、その文章から少しでも感じていただけたなら、これ以上の喜びはありません。

最後になりましたが、本書の出版に際して、当初からたいへんお世話になりました群馬ペンクラブ理事・桑原高良先生、本書の表・裏表紙、各小説作品標題でのスケッチ図版の使用を快諾していただいた独立美術協会会員、大塚利典先生、終始、出版の労をとっていただきました上毛新聞社出版編集部・石倉実奈様、各位に心より、御礼申し上げます。

なお、本書の収録作品「日本Ｎｉｐｐｏｎ」は著者、本田敬幸の小説家芥川龍之介へのリスペクト作品、オマージュとなっています。学生の時から慣れ親しんだ「有名な河童の哲学者（本書八十五ページ記載）」こと芥川龍之介への尊敬の念は著者の文章、文体に如実に反映されております。改めてここに表記させていただきます。

著者　本田敬幸（ほんだ　たかゆき）略歴

一九六三（昭和三十八）年七月二十日　群馬県に生まれる。

幼少の頃より、腎臓病を患う。十代の頃より人工透析治療を受けながら、県立養護学校（小学部・中学部）、その後県立高崎高校通信制で学び、群馬大学教育学部に入学。卒業後、高校の数学教師（週三回の透析治療で通院のため臨時教諭、非常勤講師として勤務。勤務先は群馬県立高崎工業高校・高崎高校・高崎商業高校・藤岡工業高校・吉井高校・勢多農林高校・群馬女子短期大学附属高校（現高崎健康福祉大学高崎高校）など）となるが、勤務と治療の両立が難しくやむなく退職、治療に専念する。二〇二〇年一月二十八日　容態が急変して入院、敗血症により五日後の同年二月二日永眠。享年五十八。

クラブ・カフカへようこそ
本田敬幸　短編集Ⅰ

令和６年４月23日　発行

著者　本　田　敬　幸

編者　本　田　幹　雄

発行　上毛新聞社出版編集部
〒371-8666　群馬県前橋市古市町1-50-21
TEL 027-254-9966　FAX 027 254 9965

ISBN 978-4-86352-342-5